綺麗的遐音

美しい遥かなる音

鈴木怜子 著
劉京偉 譯

自序

據說日本樹鶯當中也有方言。比如說，她原本在大分縣啼叫，一到東京，她的大分腔卻成了被嘲笑的對象，讓她一時情緒低落。對了，我曾經聽過她拼命練習的「恰恰、恰恰」的啼叫聲呢！

聽這種令人莞爾的話題，可讓人放鬆心情。等一下！七十五年前的我不也有著相同的際遇嗎？

想當年第二次世界大戰結束，年方十一歲的我從台灣被遣送回日本。原本一同玩耍的朋友們四散各地，令我感到相當寂寞。

我也注意到，因為曾經遭受所謂的殖民地此一環境的扭曲，我的成長有了相當程度的變化。我覺得自己是，一邊巧妙地規避無法改變的過去，一邊活到現在的。該怎麼說才好呢？就這麼說吧！我受過殖民地此一巨大的國家機器庇護，所以曾經以為原本所受到的種種待遇都是理所當然的，結果回國後才發現，那種自視甚高的心態可行不通，等待我的是與過去完全不同的生活。

要填補我在台灣的那段日子和回到日本定居後之間的落差，我發現是相當困難的。我就像大分縣的日本樹鶯一樣，連日語的口音都和朋友們不一樣，經常遭到糾正，所以就越來越不願意開口說話。

再過一年，我就要年滿九十了。

我記得的台灣話少之又少。曾經被大人摸著頭說「金水（真婧）」等，快樂天真的日子已然遠去。

級任老師親眼目睹戰爭剛結束時的混亂，在流著眼淚唱起島崎藤村的歌曲《椰子》時表示漂浮在波浪之間的「椰子」其實就是在座的學生，惹得我們這些小女生也都跟著流下了淚水。

等到自己長大，又等到丈夫退休之後，我才接連到異國他鄉漂泊旅行。例如印度牛角互相交纏的水牛、墨西哥桃紅色的夾竹桃花叢、高聲吆喝的商人等情境，都和彷彿自己身處於台灣的幻覺交織與重疊。

事實上，只要我嘗試探尋因戀念故鄉而漂泊的根源，箭頭都會以飛箭般的速度指向台灣。

自從清朝將台灣割讓給日本之後，除了原住民，菲律賓、中國、荷蘭、英國等地的異族也相繼到了台灣而有了現在的台灣。正因為移民多，所以那裡肯定早已有了防範彼此之間產生嫌隙於未然的機制。像那裡的人的幽默感就頗為高超。若是你去造訪，就會發現他們落落大方，因為不如此他們就無法在多語言的環境之中延續生存。基於這種種事實，我認為那是一個以環境培養而成的溫柔與體貼為底蘊的國家。

台灣至今還保留著的傳統家族制，正在逐漸於日本消失。對於日本人來說，家族制儘管麻煩，但也令人羨慕。

我首次著手撰寫的童話與蟑螂有關，這也符合我的個人特質。聽說台灣的蟑螂沒有日本的那麼討人厭。

我感覺，住在台灣的蟑螂也擁有作為昆蟲所應有的地位。台灣人不太干涉他人的國民性應該也適用於蟑螂吧。

話雖如此，台灣和日本對蟑螂「一出現就拿拖鞋啪嚓」的處理方式並沒有什麼不同。

像是像，但又有點不一樣。蟑螂們對於台灣和日本之間的差異，是怎麼在討論的呢？我覺得若是我，牠們不會介意有人參一腳進到圈子裡討論。

在大海彼岸的出版社敏銳地察覺到我有可能加入那個圈子。也因此，我對該出版社產生了如同對自己父母親一般的信任感。

自序

鶯にも方言があるそうで、例えば大分県で囀っている彼女が、東京に行くと、その大分県なまりを笑われて、しばし落ち込むという。そういえば、ケキョケキョと練習に余念のない鳴き声を聴いたことがある。

微笑ましい話題に、ふと、息を抜くが、待てよ、七十五年前の私だって、同じ思いをしたではないかと、当時を思い出す。

第二次大戦の終戦をみて十一歳の時に、台湾から引揚げた私は、一緒に遊んだ友人達がすべて散ってしまい、寂しい思いをしていた。

植民地と言われる自分の置かれた環境が、私をかなりいびつに育て上げた事にも気がついて、そこのところを上手にかわしながら、私は生きてきた気がしている。

なんと説明したらよいのか。つまり、植民地という大きな国家権力に庇護されて、それを当たりまえだと思い、帰国してみれば、そのような驕りは一切通用しない暮らしが待っていた、とでも言おうか。

この台湾時代と、引揚げて住んだ日本の暮らしとのギャップを埋める気づかいは、結構大変で、大分県の鶯のように、日本語のアクセントさえが友人とは異なり、それを指摘される事もあって私は口をつぐむことが多くなっていった。

あと一年もすれば、私は九十歳になる筈だ。

覚えている台湾語はほんの少しで、「チンスイ」などと言われて頭をなでられた、楽しく無邪気だった日は遠くなった。

終戦直後の混乱をみて、担任教師が島崎藤村の『椰子の実』の歌を涙して歌い、波間に浮かぶ「椰子の実」が実は君たちなのだ、と言われて、少女たちも涙をながした。

長じて夫の定年を待って、異国を流離う旅を続けてきたが、たとえばインドでは角を互いにくくられた水牛や、メキシコでは夾竹桃の桃色の花の茂み、声高にしゃべる商人の様子などが、台湾に居るような幻覚として現れる。

事実、故郷恋しの流離の原点を探ってみれば、射るような速さで、矢印は台湾にゆき着く。

日本が清国から台湾を譲渡されて以来、原住民を含めて、フィリピンや中国、オランダ、イギリス、などの異民族がやってきて成り立っていた台湾は、移民が多かったからこそ互いに気まずくなる前に手を打つ気づかいも必要だったに違いない。ユーモアだって超一流だ。訪ねてみれば人々は鷹揚で、そうでなければ多言語のもとで生き延びられなかった事実もあって、培った優しさが基調の国だと思う。

いまだに残る家族制度も、失われつつある日本からみれば、面倒だけれど羨ましい。

初めて手掛けた童話がゴキブリと言うのも実に私らしい。

聞けば台湾のゴキブリは日本ほど嫌われ者ではないらしい。台湾に住むゴキブリは、昆虫としての立ち位置をきちんともらっている気がする。他人にあまり干渉しない国民性は、ゴキブリにだって通用するだろう。とは言え、「現れたらスリッパでぴしゃり」と言うゴキブリに対する対応は、台湾と日本ではあまり違わないようだ。

似ているようでちょっと違う。ゴキブリたちが台湾と日本の違いについて、どんな談義をしているのか、私ならその輪に入れそうな気がしている。

そうして、その輪に入れそうな私を敏感に察知して下さった、海の向こうの出版社さんに、私は親に寄せるような信頼を覚えている。

目次

蟑螂拉查

「是誰？是誰在我身上爬來爬去？」

雨戶（譯註：日式房屋擋雨的實木板窗）突如其來的叫聲，嚇得我六腳發軟。

「是我，是我，拉查，那個叫拉查的蟑螂！」

我爬到雨戶上方，為了仰望夜空，以不至於感到疼痛為原則，盡量將頭上的兩根細細的觸角向左右撐開。

「這月夜真美。嗯，太棒了！真想一直被這月光環抱著。」

雨戶的心似乎有所觸動，身體微微地顫抖了起來，對我說：「你應該是個詩人吧？因為你懂得欣賞這月色如霜的夜晚之美。」

雨戶短暫地卸下了對我的心防，卻因我忍不住開始吸吮它的身體而又提高警覺。

「好癢啊，你在幹什麼？」

「我在吸落在你身上的夜露。哇，真好喝！廚房的水很難喝，我早就喝膩了。」

接著，我仔細地用下巴上濃密的細毛去擦拭溼答答的觸角。

觸角能夠偵測食物之所在，對氣味也很敏感，所以無論何時何地，都能夠幫助我們覓得食物，讓我們不致於挨餓。

「嗯，讓你吸吸夜露沒什麼大不了。不過，你這樣吸不對。太癢了，我受不了。你可不可以稍微再認真一點吸呀？」

和我自己的生活經歷一比，我突然羨慕起悠然自得的雨戶來，因為它總是那麼從容地豎立著，而我卻老是在人類和許多殺手級的昆蟲夾擊下四處逃竄。於是乎我便不禁開口說道：「你真幸福，可以泰然自若地站著，獨自享受這寂靜的夜晚。」

「不過話說回來，其實你想活動活動身子，對吧？」這句話一說出口，我就驚覺「糟了」。不知最近怎麼搞得，我似乎失去了該有的分寸。明知道這是一句傷人的話，卻還是忍不住地說了出來。

我一邊用前腳不停地撓著自己的頭腦，一邊小聲地說「對不起」，然後便鑽入雨戶和窗戶滑軌之間的縫隙，溜進了繪本作家麗麗小姐的家。

我們深褐色（順便一提，這顏色也是我們這個家族被稱為褐色家蠊（譯

註：Smoky brown cockroach）的原因）又閃閃發亮的身體，雖然看起來堅硬，但實際上被一層薄膜覆蓋著，很不耐操。因此，為了避免受傷，我得先用觸角探測縫隙的寬度，然後再敏捷地鑽入。

繪本作家麗麗小姐的家建在一座可以俯瞰大海的小山丘之上。偶爾可以聽見來往島嶼的船隻的汽笛聲隨風傳來；天氣晴朗的日子，則可以遠眺三座小島。

我迅速穿過麗麗小姐的腳下，衝向廚房。冰箱後面就是我們家族的藏身之處。

我的十隻蟑螂家族一同高高舉起觸角，像是擊掌來迎接我的歸來。這是我們家族的約定，表示歡迎回家之意。

麗麗小姐突然放聲大笑了起來，接著忍著笑拿起電話筒，開始撥電話。

我和我的家族不知道發生了何事，所以四處張望。

只要麗麗小姐一知道什麼新鮮有趣的事，都會打電話給住在遠方的女兒們。我們這些躲在暗處旁聽的蟑螂，因為這個緣故，也都獲得了豐富的知識。

「喂，喂，妳知道蟑螂會放屁嗎？」

真是的，我們當然也會放屁！

「據說蟑螂每十五分鐘就會放一次屁，太有趣了。」

接著，她翻到讀到一半的書籍的某一頁。

「這是昆蟲學家把蟑螂養在箱子裡觀察後所得出的結論，所以不是騙人的。」

她還這麼說。

「哎呀，真是的，據說在某個國家人們會把蟑螂曬乾，再磨成粉末當藥吃之類的。上面還寫說，也可以讓小孩在夜裡哭鬧或是發燒的時候服用。」

那還得了！我無法將這些話當作耳邊風，於是急急忙忙地跑到麗麗小姐的近處。我想獲取更多的訊息。麗麗小姐注意到了我，開口說：「哎呀，你都聽到了？蟑螂真是奇妙的蟲子，好像聽得懂人話呢！」

接著，她又提起幾年前的一件不可思議的事。那件事發生在這間位於海邊的房子剛剛落成，她的朋友來造訪的時候。「好漂亮的房子喔，可別讓蟑螂也住了進來唷！」她的朋友話音一落，兩隻油亮的蟑螂便從餐具櫃的陰影中冒了出來。

那蟑螂似乎說了：「是我們先住在這裡的。」

我想，牠們倆應該是我的祖先吧？

原本我們住在樹林裡，自由地在空中飛翔。就算現在你叫我飛，我也能飛。換居住的場所時，蟑螂全家都飛上天空。景色之美，相當值得一看。不想飛的傢伙會透過排水溝或是下水道搬去新居。不過，也有一種叫「德國姬蠊」（譯註：俗稱德國蟑螂）的蟑螂，徒有翅膀卻不怎麼能飛。

據說在日本，存在著五十三種蟑螂，其中四種生活在人類生活圈的周遭。此一訊息的來源還是麗麗小姐那邊。

即便是現在，生活於森林之中的蟑螂，也被稱為「森林裡的清道夫」。牠們就像白蟻一樣，會把倒下的樹木拆解、吃掉，然後回歸給大地；也會處理動物和蟲子的屍體，再將之回歸給大地。所以說，牠們肩負著重要的工作。

麗麗小姐沒有放下話筒，繼續說道。

「喂，聽我說！據說一隻母褐色家蠊一生能生產十七次卵。一個月後，像紅豆一般堅硬的蟑螂卵會孵出二十隻左右的小寶寶。這些寶寶在之後大約一年的時間裡，會一邊蛻皮一邊長大成『蟲』。」

「真厲害。如果把一隻母蟑螂成年後產下的卵的數量和從卵中孵出的蟑螂數量相乘，可以得出一隻母蟑螂一生可以生產三百四十隻蟑螂的答案。」

聽麗麗小姐這麼一說，我的腦海中隱隱約約浮現出過去曾經和二十隻夥伴一同破殼而出的遙遠記憶。

我大概知道，蟑螂繁殖數量驚人卻不怎麼起眼的原因。因為蛇、蜈蚣、青蛙、蜘蛛都會吃蟑螂。特別是蜘蛛的食欲特別旺盛，許多蟑螂寶寶被吃得一乾二淨，不留痕跡。

還有一件事，其實我不太想啟齒。那就是若是家族裡有誰死了，比方說我死了好了，屍體會立刻被家族的其他成員給吃掉。很可悲！

麗麗小姐的話匣子沒有停。

「對了對了，聽說黑褐家蠊變成成蟲後，活七個月就會死翹翹。」

「喂，別再說了！」我大聲喊道。我已經活了六個多月了。如果妳是我，站在我的立場，妳將作何感想？

「嗯，我們回到放屁的話題吧。」麗麗小姐換另外一隻手拿話筒。

「據說蜈蚣也會放屁喔。嘿，那些又恐怖又笨拙的蜈蚣，可能偷偷地在某些角落裡蜷縮著放屁呢。是不是很有意思呢？」

「而且據說如果收集全世界所有蟲子放出來的屁，所收集起來的甲烷含量將極其可觀。另外，聽說蟑螂死後還會持續產生令人作嘔的甲烷達十八個小時。真夠嚇人的！」

我逐漸感到噁心與憤怒。哎呀，你說我們到底做了些什麼呀？

屁變成甲烷，升到空中，破壞臭氧層。臭氧層一旦遭到破壞，原本被臭氧層阻擋在外的紫外線就會直接抵達地球，進而破壞地球環境。這樣的因果關係簡直超出了我所能理解的範圍。

不放屁，是不可能的。

蟑螂在黑暗之中卑微地活著。其實蟑螂比恐龍早了一億五千萬年以上，比人類早了三億年出現在這個地球上，所以可以多給蟑螂一點尊重嗎？

說我們在骯髒的地方爬來爬去，傳播病菌，我不否認。說我們沒有食物吃時會亂咬瓶子的標籤或衣物，那倒也是。

但是，我們明白自己的身份，一直低著小小的頭顱，謹小慎微地過活，為什麼卻老是被嫌棄呢？我覺得，獨角仙比我們怪異多了。

那麼，好，今天就讓我來說說我和雨戶「在暴風雨中蒙難」的故事吧。

這也是關於雨戶和我之間的友情的故事。

這是前天去我找雨戶討朝露來喝的時候所發生的事。當我爬上雨戶時，颱風從海面上突襲而來，把我這蟑螂連同雨戶一起吹走。

那是多麼令人驚心動魄的颱風呀！

呼、呼、呼。

黎明的天空是深灰色的，雲朵飛快地划過天空。

暴風雨肆虐，連海邊的沙子也被捲起打在雨戶上，發出啪嗒啪嗒的聲響。從木板的縫隙吹進來的風勢極為強大，我使勁地用六隻腳才好不容易抓住木板上的木條。說時遲，那時快，雨戶遭到暴風雨巨大的力量扭曲，猛然脫離滑軌，彷彿被一腳踹向天空似的。轟隆隆，嘩啦啦，咚！

隨著咕隆咕隆地旋轉，我們一同被拋向了高空。緊抓著雨戶某處角落的我，被強風拉扯成細細長長的，兩頰都快要貼在一起了。眼睛一睜開，就被強風吹得刺痛，實在是很淒慘。

「緊緊抓住我，腳別鬆開，蟑螂拉查。」

暴風雨的勢頭減弱之後，雨戶就像滑翔機一樣，在空中滑翔了一會兒。

「真希望就這樣一直飛下去。」

「可是拉查，我累了，累壞了。」當雨戶嘴裡嘀嘀咕咕的時候，暴風雨忽然將雨戶甩到小河邊上的魁蒿叢中，然後揚長而去。

我在雨戶上面跑來跑去，發出窸窸窣窣的聲音。我甚至跳起來踩雨戶，希望把它給喚醒。

「雨戶，快醒過來，睡著了就永遠起不來了。」雨戶迷迷糊糊地睜開了眼睛，「喔，是蟑螂拉查啊！」說完後又閉上了眼睛。

想必此時此刻雨戶那疲憊的腦袋就快要融化了，睡魔正在誘惑它就這樣舒舒服服地入睡吧？

一時間，雨戶的重心不穩，因為失去平衡而滑落到河裡。

「快跑，拉查！」

可是已經太遲了。

狂風暴雨後湍急的河水把雨戶和我沖到了大海。隨著海浪的搖擺，我聽到了雨戶在細細低語。

「我好想回到小山丘上的家。就算只能在滑軌上活動也好，我想回去。」

「雖然夜晚帶來寂寞與不安，但忍耐再忍耐並活下去，一種奇妙的喜悅就會從內在深處湧現。我想，我一直以來不放棄，相反地，是用堅定的意志活過來的。」

「漆黑的夜晚與露出曙光的黎明之間那短暫時光的美麗，多麼令人著迷啊！」

沒過多久，雨戶便輕聲細語地問我：「喂，蟑螂拉查，你的翅膀乾了嗎？」

對呀！我怎麼忘了我還有翅膀呢？翅膀被雨淋得緊貼身體，我竟然因此而忘了它的存在。

「你差不多該起飛了，不然你會離那座小山丘越來越遠。」

雨戶微微含著淚水對我說：「我們認識很久了。我感覺我快要被海浪給打得支離破碎了。該是告別的時候了。」

「嗯，是時候道別了。謝謝你。我絕對不會忘記你的，絕對不會。」

我輕輕地將還有些潮濕的四片翅膀從身上掰開，並試著展翅飛翔。身體一下子就輕飄飄地浮了起來。翅膀一拍，力量隨即湧現。就這樣飛回那座小山丘吧，那座我的家族正在等著我歸來的小山丘吧。

我往下一望，望見了海浪正在啪嗒啪嗒地開始淹沒整扇雨戶。

ゴキブリ　ラッチヤ

「誰だい、もぞもぞとわたしのからだを這いまわっているのは？」

いきなり雨戸が声をあげたので、おれの六本の脚がすくんでしまった。

「おれ、おれだよ、ゴキブリのラッチヤ、ラッチヤだよ！」

おれは雨戸の上の方まで移動すると、頭の先についている二本の細い触覚を、痛くない程度に右と左に開いて、夜空を見上げた。

「いい月夜じゃないか。うん、見事なもんだ。この光にずっと抱かれていたいなあ。」

すると雨戸は、感動したのか、ちょっとからだをふるわせて、

「君って詩人だねえ、この白い夜の美しさが分かるなんて、」

と言ったんだ。

でも、雨戸がおれに気を許したのは、ほんの一瞬だった。おれがいきなりチュッチュ、チュッチュと雨戸のからだを吸い始めたからだ。

「くすぐったいよ、なにしてるのさ。」

「きみの身体におりた夜露をちょうだいしてるのさ。ああうまい。台所の水なんてまずくて飲みたくもないや。」

そうしておれは、細かい毛が密集しているあごの先で、ぬれた触覚を丁寧にぬぐった。

この触覚は、食べ物のありかを探って突き止めるし、においにだってとっても敏感だから、いつだって、どこに居たって、おれたちは食べ物を探して、不自由をしないんだ。

「まあ、夜露を吸われるぐらいは、どうってことないけれどね。もうちょっと、こう、しっかり吸ってくれないか。くすぐったくてたまらない。」

おれは急にゆうぜんと立っている雨戸が羨ましくなった。いつもチョロチョロと、人間や殺し屋の虫たちから逃げ回るおれの人生と比べてさ。

だからつい口を滑らせてしまった。

「きみっていいねぇ。いつも泰然と立っていて、静かな夜を独り占めして。」

「でも、動きたいんだろ、ほんとうは。」

言ってしまって、しまった、とおれは思ったんだ。最近なぜかおれは節度を失くしてしまっている。これを言ったらきっと傷つくだろう、とわかっていても、つい口に出してしまう。

おれは前脚で自分の頭をせわしなく掻きながら、小さく「ごめんな」とつぶやくと、雨戸とレールの隙間から絵本作家のうららさんの家に入り込んだ。

てかてかと光る濃いこげ茶色のからだは、ちなみに、その色がおれたちファミリーがクロゴキブリと呼ばれる所以だけれど、とても硬そうに見えるけれど、本当は、薄い膜におおわれていて、とてもデリケートなんだ。だから、傷つかないように、まず触覚で隙間の幅のけんとうをつけて、するりと入り込む。

絵本作家のうららさんの家は、海を見下ろす丘に建っていた。時折島通いの船の汽笛が風にのって聞こえ、晴れた日には、小さな島が三つほど遠く見渡せる。

おれはうららさんの足もとを、素早く駆け抜けて台所に突進をした。冷蔵庫の裏がおれたちファミリーの住みかってわけ。

十匹のおれのファミリーは、一斉に触覚を高くあげて、ハイタッチをしようと迎えに出てきてくれた。これは、お帰りなさい、の、まあ、ファミリーの約束ごとなんだ。

突然うららさんがすっとんきょう声をあげて笑い出した。それから笑いをこらえながら、受話器を取り上げると、ダイヤルを回し始めた。

何ごとか、とおれもファミリーもあたりをうかがう。

うららさんはいつだって面白い話を知ると、遠く離れて住む娘さんたちに電話をかけまくる。おかげで、物陰でそれを聞くおれたちゴキブリの知識の量はそうとうなものだ。

「ねえ、ねえ、ゴキブリがオナラをするって知ってた？」

失礼な、おれたちだってオナラぐらいするさ

「でね、十五分に一回ゴキブリはオナラをするんですって、ああ可笑しい。」

それから、読みさしの本のページをくると、

「これは昆虫学者がゴキブリを箱に飼って観察した結果なんだって。だから本当なのよ。」

それから、こうも言っていた。

「あら、いやだ、ある国ではゴキブリを乾燥して、粉にしてお薬にするんですって。なになに、子供の夜泣きや熱を出したときにも使うと書いてある」

放っておけないことを聞いてしまった。急いでうららさんの近くに駆け寄った。もう少し情報がほしかったんだ。

おれに気が付くと、うららさんは、

「あら、聞こえちゃったの？ゴキブリって本当に奇妙な虫だわ。人間の話が分

かるのね。」

と言いながら、数年前に起こった不思議な出来事を話し始めた。新しく完成をしたこの海辺の家にお友達が訪ねてきたときのこと、「きれいな家ね、ゴキブリが住み着かないようにしないとね。」とお友達が言ったとたんに、二匹のつやつやしたゴキブリが、食器棚の陰からそろりと出てきたんだって。

「お先に住んでおりますよ。」

と、そのゴキブリが言ったかどうか。それってきっとおれの先祖のことだと思うけれどね。

もともとおれたちは林や森に住んでいて、自由に空だって飛んでいたんだ。今だって飛べと言われれば飛べるさ。住かを変えるときは、ファミリーみんなが空を飛ぶ。けっこう見ごたえのある景色だぜ。飛びたくないやつは、排水溝や溝を通して新しい家に移るんだ。でも、羽があっても飛べないチャバネゴキブリと言う種類の仲間も居るよ。

日本には五十三種類のゴキブリが居て、そのうち四種類が人間の生活圏に近いところで、生きていると言われている。と、これはうららさんからの情報。

今でも、森や林に住むゴキブリたちは、「森の掃除やさん」と呼ばれていて、白アリみたいに、倒れた樹木をぱさぱさにほぐしたり、食べたりして、大地に戻したり、動物や虫の死がいを処理してこれも大地に返したり、大した仕事をしているんだ。

うららさんはまだ受話器を離さない。

「ねえ、聴いて！一匹のクロゴキブリのメスは、生きている間に、十七回も卵を産むそうよ。その小豆みたいな硬い殻の卵から、一か月もすると二十匹ぐらいの赤ちゃんが生まれ、その赤ちゃんたちは、それから、約一年かけて脱皮しながら、大人になるんですって。」

「凄いわね。大人になった一匹のメスが産む卵の数と、卵から生まれるゴキブリの数を掛け算したら、なんと、一匹のメスが生きている間に三百四十匹も生まれることになる。」

そう言えば、二十四の仲間と、からを破って一斉に外に出た遠い記憶がおれにはあるような気がする。

驚くべき数のゴキブリが、人の目につかない、という理由を、おれは知っているんだ、多分ね。それは、ヘビやムカデやカエルやクモが食べるんだ。特にクモの食欲は凄くって、赤ちゃんのゴキブリなんて、あとかたなく、きれいに食べてしまうんだ。

それに、あんまり言いたかないけれど、ファミリーの誰かが死んだりしたら、
例えばおれが死んだら、ファミリーに即刻食べられる。悲しいことにさ。

うららさんの電話はまだ続いている。

「そうそう、クロゴキブリは成虫になってから七か月生きたら死ぬそうよ。」

「おい、よしとくれ。」

とおれは叫んだね。六か月以上生きているおれの身にもなってみろ。


「ところで、オナラの話に戻るけど。」

とうららさんは受話器を持ち直す。

「ムカデだってオナラをするんですって。ね、愉快だわね、あの恐ろし気で不細

工なムカデが、多分えんりょがちに物かげで、からだを丸めてオナラをしているのよ。」

「でね、世界中の虫たちのオナラを集めたら、物凄い量のメタンガスになるそうよ、それにゴキブリは死んでから十八時間もくさいメタンガスを発生し続けるんですって、いやあねぇ。」

おれはだんだん腹がたって気分が悪くなってきた。いやあねぇ、なんて、いったいおれたちがなにをしたって言うんだ。

オナラがメタンガスになって、空に昇って、オゾン層を破壊するんだって。オゾン層が破壊されると、オゾン層で止められていた紫外線が直接地球に届いて、地球の環境破壊につながるなんて、おれの理解は及ばないよ。

オナラをするな、なんて無理だよなぁ。

ゴキブリは闇の中を遠慮がちに生きてるだけじゃあないか。恐竜より一億五千万年以上、人類より三億年も前から存在し続けているゴキブリに、もっと敬意を払ってほしいよ。

おれたちが、汚いところを這いまわって、病原菌を運ぶと言われれば、まあそうだし、食べ物がなくなるとビンのラベルや洋服までかじる、と言われれば、まあ、それもそうだし。

しかし、身分をわきまえて、小さな頭をひたすら下げて、えんりょがちに生きているのに、なぜ嫌われるのかなあ。カブトムシのほうが、ずっとグロテスクだとおれは思うよ。

さて、今日はおれと雨戸の、「嵐のなかの大冒険」の話をしておこう。雨戸とおれとの友情の話でもあるんだけれど。

あれは、朝露をもらいに雨戸をたずねた一昨日のことだった。おれは、海のほうから、突然おそってきた台風に、雨戸にのったまま、吹き飛ばされて地面に叩きつけられたんだ。

それにしても、あれはたいした台風だった。

ヒューッ、ヒューッ、ゴオーッ。

明け方の空は鈍色で、すごいスピードで雲が切れ切れに走って行く。

暴れまくって、嵐は浜辺の砂まで巻き上げてくると、パシッ、パシッと雨戸を殴り続けている。板の隙間から吹き上げる風の力は物凄くって、おれは六本の脚でようやく桟にへばりついていた。

と、嵐はいきなり雨戸を凄い力でたわめると、サッとばかりレールから外して空に蹴り上げた。グアーン、ビョーン、ゴーッ。

グルン、グルンと回転させられながら、おれたちは高い空に放り出された。隅っこにへばりついていたおれは、風の力に押されて、ビョーンと細長くなって、両方の頬っぺたがくっつきそうなって、目を開ければ風が痛くって、もう大変

「しっかりしがみつけ、脚を離すな、ゴキブリラッチヤ。」

嵐の勢いが落ちると、雨戸はグライダーみたいに、一瞬空を滑空する。

「このまま飛び続けたいね。」

「でもラッチヤよ、疲れたよ。もうクタクタだ。」

と、雨戸がつぶやいたその時だった、嵐は突然雨戸を小川のふちのヨモギの茂みに叩きつけて、置き去りにしてしまったんだ。

おれは、シャカシャカ、コソコソ、雨戸の上を駆けまわってみる。ジャンプもして

雨戸を元気づけた。

『雨戸さん。起きた方がいいよ。眠っちゃうとそのまま死んでしまうよ」

雨戸はぼんやり目を開けてから、

「ああ、ゴキブリのラッチヤか。」

と言うなり、又目をつぶってしまった。

疲れ切った頭のなかはとろけそうで、そのまま気持ちよく眠れそうな、あの心地よい気分が雨戸をおそっているんだろう。

突然バランスが崩れて、雨戸はズズッと川に滑り落ちてしまった。

「逃げろ、ラッチヤ!」

もうおそすぎた。

嵐の名残で荒れ狂った川の流れは、雨戸とおれを海まで運んで放り出した。波にゆられながら、おれは雨戸が呟くのを聞いてしまった。

「丘の家にもどりたいなあ。レールの上しか歩けなくても、わたしは戻りたい。」

「夜は寂しく不安だけれど、それに耐えて生きていると、不思議な喜びが湧いてきていたんだ。あきらめとは、全く反対の、しんとした決意で私は生きてきたと思う。」

「漆黒の闇と、明け初める朝とのせめぎあいの、わずかな時間の美しさに、どれほど心を奪われてきたことか。」

やがて、雨戸は静かにおれに言った。

「ねえ、ゴキブリラッチヤ、きみの羽はもう乾いたかな。」

そうだった、おれには羽があったんだ。雨でからだにぴちゃッとくっついていたから忘れていたんだ。

「そろそろ飛んだ方がいいよ。丘はどんどん遠くなるからね。」

雨戸はちょっと涙ぐんで、

『長い付き合いだったね。波にもまれてぼくはバラバラにされそうな気持ちがする。お別れの時がきたようだ。」

「うん、お別れだね。いろいろ有難う。君のことは絶対に忘れないよ、絶対に！」

おれは、まだ少し湿っている四枚の羽をそうっと体からはがして、羽ばたいてみた。すっと体が浮いたんだ。ブルルと羽がふるえて力が満ちてきた。このまま飛んで、丘に帰ろう、ファミリーの待つ丘に帰ろう。

見下ろすと、波が雨戸のからだをたぽたぽとおおい始めていた。

喬納森

「喂，『帽子』！」

在小山丘上的咖啡園裡工作的大人們這麼稱呼那個少年。

因為那個少年總是戴著一頂長到幾乎觸及腳邊的長帽子。那頂帽子是用椰子葉的纖維、酒椰所編織而成的，呈圓筒狀，嫩綠色；頂端彎曲，上面掛著乒乓球大小的毛球，每走一步，就會左右搖擺。

被稱為「帽子」的少年剛滿十二歲，名叫喬納森。

他在名為哥斯達黎加的一個小國的一個小村莊裡，和從事採摘咖啡果實工作的父母住在一起。

喬納森一家居住的小屋在森林之中，從小山丘上咖啡園延伸出來的小路往下走約十分鐘左右可到。

喬納森家的房子建在一片鬱鬱蔥蔥的樹影下略顯開闊之處，外牆是用磚塊砌成的，屋頂只是簡單地用鐵皮鋪上。

小屋前有一條清澈的細流，是從森林深處湧出的泉水匯集形成的，在陽光照耀下閃閃發光。細流邊長滿水芹，在水面留下婀娜多姿的影子。

小屋裡有小廚房和兩間地板用木板鋪成的房間。打開門板，一張略微傾斜的木桌即映入眼簾。

牆上掛著一幅泛黃的聖母瑪利亞畫像。連接房間各角落的繩子上晾著一家三口隨手一掛的衣服，而那繩子隨時都有被過重的衣服壓斷的可能。

雖然沒有任何裝飾，且又小又簡陋，但喬納森他們還是覺得那是世界上最舒適的家。

月夜格外美麗。

白色的月光穿過高聳的芒果樹枝的縫隙，灑在喬納森的床上，彷彿要掀起銀色的波浪，只要吸一口氣，光芒就會充滿全身似的。

喬納森深深地吸了帶著青草香氣的濃郁綠色氣息和清涼的空氣後，就進入夢鄉。

貓叔剛搬來隔壁住的某一晚

「喂，這聲音有點奇怪，你不覺得嗎？」喬納森的父親對著母親說。

因為一到晚上，從隔著一道牆的隔壁空房子裡，就會隱隱約約傳來「咯吱咯吱」的奇怪聲。

「那裡應該沒有人才對呀！可能是黃鼠狼或是野鼠搞的鬼吧，牠們總有一天會逃離的。」

聊完這話題後的第二天一早，當喬納森的父親打開房門時，看見了一個拄著拐杖快步往森林深處走的人影。

「奇怪了，喂——！」

父親的叫聲明顯大到可以被聽見，但那個男人卻當作耳邊風，頭也不回就穿過樹林離開了。

父親喘著氣追了上來。「有何貴幹？」被追上的那個男人慢條斯理地轉過身來問。

「有何貴幹？我想問你為什麼到這片森林來？」

被父親這麼一問，那個人想了想，接著就朝著喬納森家小屋的方向指著說：「我將要在那裡住上一段時間。」

「那邊的房子？那不是我家隔壁的小空屋嗎？你得到了屋主唐的同意了嗎？」

他甩著頭，讓人搞不清楚是在表示「是」還是「不是」。

接著，那個男人說：「請多多關照，我叫貓。」並且第一次彬彬有禮地鞠了一個躬。

貓這個奇怪的名字，在哥斯達黎加這個國家非常普遍。無論是那邊的房子也好這邊的房子也好，都住著名叫貓的人。

父親原本覺得他是個奇怪的傢伙，但被這麼一行禮，反而覺得眼前這瘦削、衣衫襤褸的男人有些可憐，於是決定先觀察他一陣子再說。

這個自稱貓的男人有著這一帶少見的略帶粉色的白皮膚，以及一雙藍色的眼睛，讓父親稍微心生敬畏。這也是父親產生觀望一段時間後再說的念頭的原因之一。

喬納森的父親一看到漂亮的白色皮膚，就會自慚形穢，覺得自己的褐色皮膚似乎矮了對方一截。

從前，過來征服這個國家，從事咖啡相關工作的西班牙人大多是白膚色的，這也是導致父親認為白皮膚的人很了不起的原因之一。

父親正在找機會向屋主，同時也是咖啡園的所有者唐說明事情的原委時，才過了三天，貓叔就住進了隔壁的小屋，彷彿一切都是理所當然的一樣。

自從那天起，貓叔就拄著一根粗大的拐杖，在森林裡到處走動。貓叔的腿是他年輕時在鑿石場被突然崩塌的岩石壓斷的。雖然腿已經沒了，但他偶爾還是會感到隱隱作痛，不自覺地弓起背，像是要抱住、保護失去的腿一樣彎下腰來。

貓叔自以為小屋的所有者唐已經同意提供小屋讓他居住，於是日復一日捆紮作為燃料之用的枯枝，以及撿拾掉落下來的芒果，作為回報。

有一天，在陽光普照的藍天下，小山丘上的咖啡園裡，採摘咖啡果實的工作如常於清晨時分展開了。喬納森的父母以及住在森林各處的叔叔阿姨們，捋了捋樹枝，熟練地從和身高一般高的咖啡樹上，將結滿了整棵樹且成熟到發紅的果實摘下來，裝進布袋裡。摘完一棵樹的果實，便要低身穿越才能移動到下一棵樹旁；茂密的樹枝擋住了去路，不彎下腰來是無法向前行的。

不想去上學

當喬納森的母親辛辛苦苦摘完一棵樹的果實，鬆了一口氣，拿著原本繫在腰間的毛巾擦汗時，級任老師一邊用手撥開樹枝一邊走了過來。

「什麼？他沒去上學？」

老師的話讓母親吃了一驚，母親這才知道喬納森連同今天，已經五天沒有去上學了。

「那我的兒子去哪裡了呢？」母親瞪大了眼睛問老師。「我就是想問這個問題，所以才趕過來的。」老師注視著母親的臉龐，臉色顯得有些沉重。

面對手足無措的父母親，老師只好建議他們讓喬納森先去學校一趟，然後就踏上了歸途。

父母親因為採摘咖啡果實的工作，常常忙到天黑，在疲憊不堪狀態下回家，根本就很少去過問喬納森學校裡發生的事。因此，兒子的曠課著實讓他們夫妻倆大吃一驚。

其實，沒去學校上課的喬納森整天和貓叔在森林裡待著。對於上學，喬納森已經感到越來越厭煩。

「媽媽說過有一天會買給我的！」就在五天之前，喬納森又用塑膠袋代替鉛筆盒。塑膠袋裡裝的是磨損的鉛筆，筆芯還很容易斷掉。更糟糕的是，同學們經常嘲笑喬納森：「你的鉛筆盒好奇怪喔！」這讓喬納森感到相當沮喪、難過。

令人不解的是，不知為何從來就沒有人送裝有禮物的小禮盒給喬納森家，空盒子也不曾在他們家存在過。實在沒有其他更好的辦法，只好用塑膠袋代替鉛筆盒。可是那裝得下兩根紅蘿蔔的塑膠袋，原本是透明的，現在卻變得薄薄的、髒兮兮的。

喬納森本來打算盡量不去在意那麼多，卻未料越來越多的小朋友拿著他的塑膠袋在教室裡頭跑來跑去，嘲笑他。他真的已經心生厭惡，不想再見到那些小朋友了。

喬納森在森林裡追著在樹皮上爬行的蜥蜴，用棍子敲下青色的芒果，幫貓叔捆綁木柴，時間咻一下的就過去了。

貓叔不怎麼開口說話，所以喬納森也就跟著默默地做事。

突然，停下手來休息的貓叔開口了。

「喂，帽子。」

「你站直一點，這樣帽子會不會看起來比較長？」

「有差嗎？」喬納森起身，試著拉一拉帽子上的毛球。

「你喜歡這頂奇怪的帽子嗎？」

「給我這頂奇怪的帽子的不就是貓叔您嗎？」

兩人相視而笑，接著又開始撿拾木柴。

貓叔並沒有對喬納森坦白，其實那頂帽子最先是由貓叔的妻子編織的。

貓叔自妻子離世之後，因為過於悲傷又寂寞，一度提不起興致做任何事，只願一針又一針地繼續編織著帽子。織著織著，結果就織出了那一頂長得不得了的帽子。

「吃午飯囉！」

「我今天也準備了『紅茶粥』。」

「再做點沙拉好了。」

貓叔揮舞拐杖將酪梨打下來，再配上在細流邊摘來的水芹，做了一份沙拉。

「好好吃。」

「嗯，不錯。」

兩人只是簡單地交談了兩句話，便默默地吃完了午餐。

「午睡一下，稍做休息吧。」

貓叔找了一處樹蔭底下的空地，痛痛快快地躺了下來。

喬納森也學他躺在堆積在一起的枯葉上。他輕輕地將耳朵貼在泥土上，忽然聽見熟透後從樹上掉下來的芒果發出的咚咚聲，那聲音大得驚人。微弱地「嗡嗡」、「嘀嗒」叫的蟲鳴聲也從土裡傳了過來。

不知過了多久，喬納森突然打破沉默，劈頭就問貓叔。

「喂，貓叔，如果我一直不去上學，你覺得我會變成什麼樣子？」

「喂，看我，貓叔。你覺得我會怎麼樣？是不是車到山前必有路？」

「要是山前沒有路，我一定會變得跟貓叔一樣。」

喬納森的話音一落，貓叔悠悠哉哉地轉過身來，直直地盯著喬納森看。

「對，毫無疑問你會像貓叔一樣，我掛保證。」此時貓叔的眼神顯得異常嚴厲。

據說貓叔只上過三個星期的小學。他目不識丁且只會做簡單的加法計算，所以有時候會不小心犯下為人所恥笑的錯誤，而被人嘲諷和瞧不起。

「我有時候真不想當人。」

大叔冷冷地說著，便把手伸向陽光燦爛舞動的酪梨樹梢，目不轉睛地盯著他那指縫間穿過光線的手。

貓叔所從事的工作

在某個月圓之夜，喬納森為了幫貓叔幹活，急急忙忙地趕到了森林邊緣的椰林。

貓叔的工作是採摘棕櫚心。

棕櫚心是一種珍饈佳餚，外形像蘆筍，味道像嫩筍，必須砍伐幼年的椰樹才能取得。換句話說，為了收穫棕櫚心，就得犧牲正在發育成長的幼樹。

「是我，喬納森。」

整片種植整齊劃一的椰子園的夜晚萬籟俱寂，此處彷彿被某種隱藏在深處的東西窺視著，獨自一人要膽子夠大才敢進入。

就算有人叫貓叔，貓叔也不會回頭。他消瘦的肩膀緊繃著，看起來好似在鬧憋扭：「我才不會回頭呢。」

「貓叔就是不會算計。」

有些刺耳的話在夜晚的椰林中突然傳入耳中，手持短柄小斧要砍伐幼樹的貓叔不由得轉過身來。

「啊？你剛才說了什麼？帽子！」

喬納森也被自己脫口而出的話嚇了一跳。這件事確實一直在喬納森腦中打轉，但他自己也沒想到會在這種時機說了出來。

是的，這是一件一直在喬納森心中縈繞的事。

貓叔拼了命採收棕櫚心，隔天再運到鎮上販賣，但他不善於算計，老是無法賣個好價錢。

其實，在滿月的第二天被運到鎮上販賣的棕櫚心，通常是順手牽羊從他人的椰子園裡往外長出來的幼樹中採收而來的。知道箇中蹊蹺的人當然就砍價不手軟。

說到底，這不是什麼上得了檯面的工作。

「貓叔好歹也懂得八乘以九之類的計算，要是有誰願意請您就好了。」

喬納森走到大叔身邊，鐵了心說。

「要是當初您有學到像我現在的程度就好了。」

「你竟然敢取笑我！『帽子』。」

貓叔說著，假裝做出要拽下喬納森帽子上的毛球的樣子。

「哎呀！你忘了是誰送你這頂你嗜之如命的帽子了嗎？」

「懂不懂禮貌呀？這小子！」

接著，兩人便互相碰撞身體，然後啊哈哈、呵呵地壓低聲音笑了出來。由於彼此都覺得太過於有趣，終於還是忍不住放聲大笑，讓笑聲迴盪在椰林中。

事實上，貓叔原本有一顆上進之心。

他不識字，不了解一些字面上的規則，所以工廠不願意雇用他。當他才三十八歲的時候，妻子就因病而與他大人永隔，唯一的兒子也在出生後不久因罹患肺炎而夭折。

喬納森想起來了，貓叔曾經有一次躺在森林的草地上喃喃自語地說：

「真不想當人。」

森林漂浮在螢火蟲的光之中

兩人笑了一陣子之後，因為有一種不尋常的感覺，於是回頭望向喬納森家所在的那片森林，結果發現森林正開始漂浮於光之海中。

「螢火蟲，是藍光螢火蟲耶！貓叔，藍光螢火蟲！」

「哇，很漂亮喔。」

成群的螢火蟲突然現身，形成光之海並覆蓋整片樹林，使得一片黑漆漆的樹幹彷彿漂浮在光之海中。

整座森林就像要漂起來似的，要漂去某個遙遠的地方了。可以說是此景只應天上有，何其夢幻呀！

喬納森凝神注視著螢火蟲飛舞的森林，眼睛裡突然出現了一個模糊的人影在光線中漂移不定。那是亞哈伊拉。

「是亞哈伊拉！貓叔，亞哈伊拉來了。」

「又出來遊蕩了，真可憐。」

貓叔挺直腰桿，看見少女一邊察看腳下情況，一邊慢慢走來；少女一頭披肩的長髮在他眼中蕩漾著。

亞哈伊拉是一個十二歲的小女孩，和身為咖啡工人的父母一同住在椰子園的邊陲地帶。

她在五年級的時候就輟學了，因為她必須留在屋主唐的夫人多尼亞身邊從事打掃、洗衣服等工作。

還不到四歲的時候，她就學會了如何細細地切紅蘿蔔的尾端，知道了如何掌控烹飪的火候，也明白了如何巧妙地使用掃帚。

有一天，多尼亞告訴亞哈伊拉說，使用洗衣機會使得布料磨損得更快。

從此以後，亞哈伊拉每天都必須用手洗衣服。

大宅院裡的三個少爺隨意製造的要洗的衣服堆積如山，數量之多令人咋舌。整天忙於洗衣服的亞哈伊拉的手也因此變得又紅又粗糙。

「亞哈伊拉，等等！」

母親呼喚亞哈伊拉的聲音尖細，刺破了森林的寧靜。

悄悄地走了過來的亞哈伊拉似乎完全聽不到母親的呼叫聲。

貓叔停下手邊的工作，說道：「不對呀！睡著的時候怎麼有辦法打開門鎖呢？」然後朝亞哈伊拉走了過去。

亞哈伊拉在疲憊不堪的時候，即使睡著了，也能站起來走出戶外。最近，這種情況更加頻繁地發生了。

「我明明就把門鎖好了呀。」

亞哈伊拉的母親好不容易追上了女兒，一邊調整呼吸一邊抱緊女兒說：

「這該如何是好呢？」

「她一定是生病了。對，是夢遊症，還是早點去看醫生比較好。」

話雖如此，貓叔也知道亞哈伊拉的家裡窮，經濟上不允許帶女兒去醫院看病。

聽到母親呼喊亞哈伊拉的聲音，亞哈伊拉的父親和喬納森的父母也都趕了過來。

「這是怎麼一回事呢？」

在椰子園的陰影下，五個成年人和一個少年圍繞著一個少女，肩並肩地思索著。

「好了，我們回去吧，喝杯熱茶吧。」

被媽媽抱著的亞哈伊拉意識到自己又無意識地離開家門外出，羞怯地一直盯著自己光著的腳丫子。

喬納森最終還是沒有再去上學，暑假就來臨了。

在沒有人會取笑他的咖啡園裡，有著被父親在採摘咖啡豆時發出的清脆悅耳聲吸引而低空飛過來的灰色知更鳥，也有一追就一邊逃一邊用一雙可愛的眼睛盯著喬納森看的翡翠色蜥蜴。在這裡，每天都過得很充實，一點也不會感到厭煩。

喬納森最喜歡蹲在樹蔭下，目不轉睛地看著紅褐色的螞蟻拼命把比自己身體大二十倍的葉子往巢穴裡搬的隊伍。

大夥兒從剛才開始，就隱約聽到雨聲沙沙、沙沙地落在遠處的森林裡。潮濕的雨水味也開始飄散過來。

就連貼在澄澈天空上紋絲不動的積雨雲，也像是要發出聲響似的迅速崩解。再過兩分鐘，暴風雨一定會來襲吧？

暴風雨真的來了，向周圍展示了強大的威力，如同張開大嘴衝過來的獅子；攪動泥土，滋潤森林後就迅速離去了。

暴風雨那匆匆離去的樣子，簡直就像有人在空中下命令指揮它似的。

「滋潤那邊的小山丘到那邊和森林，然後迅速撤離！」

「了解！準備，開始，完成，撤離！」。

豪大雨猛烈撞擊大地時所產生的震動，將喬納森的身體往上推起。那簡直就像大地和喬納森結合在一起，感覺很不可思議，彷彿掌管天地的某種存在要讓喬納森大受震撼，要讓他下定決心：「以後一定要去上學，絕對不要被挫折打敗！」

喬納森意識到，這是他長大成人之前所必須遵守的約定。

暴風雨肆虐後，綠色的小青蛙們看起來心情舒暢，一個個坐在被雨水沖刷過的森林中各處的石頭上。

抬頭望去，晴朗的天空伴隨著耀眼的陽光，從樹梢的縫隙間展現。從樹葉的縫隙間照下來的陽光在森林小路搖曳，位於清涼宜人的道路兩旁的咖啡園飄散著淡淡的咖啡香。

擋路的小馬和流淚的馬媽媽

「今天小馬也在吧？」

就在昨天，一匹小馬在吃草的馬媽媽的守護下，悠閒地躺在少有人經過的午後的小路上。

小馬舒展四隻腳躺平，身子像塊大岩石，橫亙的臀部結實又豐滿，色澤光亮美麗的皮毛在陽光的映照下不時泛起微微的波紋。

有一次父親對這匹馬毫不設防的樣子感到訝異：「這匹馬真是的，大白天竟然就這麼躺著睡覺！馬應該是要站著睡午覺的。」馬這種聰明的動物，多數時間站著睡覺，以保持警覺，方便自己在掠食者來臨時迅速逃離。

正當喬納森今天也為了避免吵醒躺平了的小馬，輕輕地走了幾步之時，突然從樹林裡走出來的貓叔，輕巧地跨過小馬的脖子，走到了喬納森的身邊說：「怎麼了，『帽子』，你走不過去嗎？」

「喂，『帽子』，你看那邊的馬媽媽。」

貓叔指著被拴在樹蔭底下的馬媽媽的眼睛說。

一滴淚水從馬媽媽大大的黑眼珠上滑落，接著一滴又一滴地開始流了出來。

「你見過馬匹哭泣嗎？嗯？」

貓叔挺身站立並瞪著喬納森看，好像把喬納森當成弄哭馬媽媽的兇手似的。

「我沒見過。牠為什麼哭呢？」

就在剛才，貓叔跟著馬媽媽將咖啡豆運到了山腳下的小鎮。不知是誰，趁著貓叔將馬拴在木樁上去小解的時候，往馬的耳朵裡扔了小石子。

當貓叔聽到馬的嘶鳴聲而趕到的時候，馬媽媽正高高踢起雙腳，想要扯斷拴著牠的繩子逃走。因為恐懼，毛茸茸的尾巴捲曲到後腿之間，脖子伸得長長的，似乎是在仰天祈禱、求救。

在耳朵裡翻滾的石頭一定響出了隆隆聲，所以把馬媽媽給嚇壞了。也許是回到森林而鬆了一口氣，所以馬媽媽才開始落淚。因為害怕、疼痛，以及身為被飼養的馬而感到悲哀，馬媽媽不知流了多少淚水。

「竟然欺負被拴著的馬，這算什麼？到底是誰？太過分了吧。下次要是在鎮上被我發現，我決不饒他。」

貓叔落下狠話之後，頭也不回地走了。

貓叔會認字了

一年過去，夏天又來了。

「『帽子』，聽說貓叔學會乘法了。」

有一天，最近住在大宅院裡而很少回到森林的亞哈伊拉一看到喬納森，就跑過去對他說了這句話。

喬納森好久沒有爬上筆羅子樹了。今天爬上樹之後便死命地摘果實。咖啡園的孩子們經常把筆羅子外形像小無花果、帶有黑糖口味的果實，當作零食來吃。

在樹上的喬納森注意到有人過來搭話，便重新調整了自己的身體姿態。

「哇，好厲害喔！他已經會乘法了嗎？」

由於貓叔每天一大早就出門離開小屋，喬納森最近都沒有見到他。

「他每天都精神抖擻地拄著拐杖工作耶！」

貓叔好像和森林裡的唐約好了每天學習一個鐘頭。

「嗯。」

「而且，我叫他貓叔時，他會轉過頭來看我喔。」

「哇，貓叔轉過頭來看妳！」

森林裡的大家都知道，貓叔極少轉過頭來理叫他的人。

「對呀，我一叫他，他就會轉身扮鬼臉給我看。」

喬納森作夢也想不到貓叔會扮鬼臉。喬納森所認識的貓叔是一板一眼、不苟言笑的人。

「那他應該不會再說，他不想當人了吧？」

「什麼？貓叔說過這種話？」

「我大概聽他說過兩次。」

貓叔被警察給帶走了

一天清晨，從咖啡園裡傳來了一個令人震驚的消息——貓叔被警察給帶走了。

據說被用來引山裡的水到唐的大宅院裡的鉛管，一夜之間被換成了竹子。

「是嗎？你看見貓拖著長長的鉛管到鎮上去了？」

「對，是他。貓往下坡走的時候發出了很大的聲響。」

由於他大大方方地拖著鉛管走，所以誰也想不到那是偷來的。

聽說面對警察的詢問，貓叔給出來的回答是：「竹子和鉛管同樣可以引水來用呀。」

對於不偷竊就無以為繼的貓叔，警察做出的最終裁定是「必須和唐學算術，並且在一年之內學會書寫簡單的字」。

令人憐惜的亞哈伊拉

「你明年就要上國中了吧？喬納森。」

亞哈伊拉盯著喬納森的眼睛問。她伸手去摸喬納森的帽子，稍微把玩了上面的毛球一翻後，接著又問：「對了，你現在有好好地去上學嗎？」

「有啊。」

喬納森一邊回答，一邊回想起一年前螢火蟲羽化的那一天晚上。

整座森林彷彿在螢火蟲的光芒中漂浮的那一天晚上，亞哈伊拉在睡夢中不知不覺地走到了椰子園。

住在森林裡的人們曾經那麼擔心她的那段往事，猶如昨日發生的事一樣歷歷在目。

「妳的身體狀況如何？最近還好嗎？」

面對喬納森的提問，亞哈伊拉攤開手掌，像成年人似的回應：「嗯，馬馬虎虎」。

亞麻色長髮披肩的亞哈伊拉應該只比喬納森大上兩歲而已，可是卻在短短一年之間，變成了看起來像是和喬納森相差十歲，且自帶光芒的姊姊。

亞哈伊拉那雙黑色的大眼睛，使她褐色的肌膚顯得奪目，圓潤的小嘴唇張開說話時也很是可愛，簡直就和一年之前判若兩人。過去，喬納森看見疲憊不堪的她時，還曾經偷偷地叫「亞哈伊拉阿姨」呢！如今站在面前的她，已然是個出落得亭亭玉立的少女。

「妳還在用手洗衣服嗎？」

那時候，亞哈伊拉不被允許使用洗衣機，導致雙手乾裂、粗糙。

「後來新來了一個女孩，我現在負責廚房的工作。」

「喔，廚房的工作！那妳也會做歐姆蛋囉？」

亞哈伊拉微笑著點了點頭。雙臂插腰，擺出略顯得意洋洋的模樣。

「妳真行。」

「我很厲害吧？」

「嗯。」

夕陽的逆光穿過亞哈伊拉的頭髮，讓她那一根根的髮絲顯得閃閃發光。

太陽開始在遠處的山邊落下，令人懷念到無以復加的氣息從草叢中瀰漫開來，一天又即將結束了。

但願明天又是美好的一天。但願能夠再和亞哈伊拉相會。

ジョナサン

「おい、帽子！」

丘のコーヒー畑で働く大人たちは、少年をそう呼ぶ。

少年が、足もとまで届きそうな、長い帽子をかぶっていたからだ。

ヤシの葉の繊維、ラフィア、で編まれ筒っぽの若草色のそれは、てっぺんで折れ曲がり、先端についたピンポン球ほどのボンボンが、歩くたびにゆらゆら右に左に揺れている。

「帽子」と呼ばれる少年は十二歳になったばかりで、名前をジョナサンと言った。

コスタリカという小さな国の、その又小さな村にコーヒーの実を摘んで働く両親と住んでいる。

ジョナサン一家の住む小屋は、コーヒー畑の丘から続く細道を十分ほど下った森の中にある。

ひんやりとして、うっそうと繁る木々のかげの少しだけ開けた土地に、ジョナサンの家は、外壁にブロックを積み、トタンをのせただけで建っていた。

小屋の前には森の奥から涌き出る泉が、透き通った細い流れをつくって、キラキラと光を反している。流れの際にはクレソンが茂り、ゆらゆら水に影を落としていた。

小屋には、小さな台所と床を板で張った二つの部屋があった。入り口の板戸を開けると、ちょっと傾いた木のテーブルが日につく。

壁には茶色くなった一枚のマリア様の絵が飾られ、部屋の隅から隅に渡した紐は、三人の家族が無造作に引っ掛ける洋服の重さで、今にもたわんで切れそうだ。

飾るものなど全くない、小さくて粗末だけれど、世界一居心地のよい家だとジョナサンたちは思っている。

月夜の晩は特別素晴らしい。

ぐんと伸びたマンゴーの枝のすき間から白い月の光が降り注ぎ、ジョナサンのベッドの上に銀色の波をうち、息を溜めれば身体じゅうに光が満ちてくる気がする。

下草の香りを運んでくるとても濃い緑の匂いと、ひんやりとした空気を胸一杯に吸い込んで、ジョナサンは眠りにつくのだった。

ネコおじさんが隣に住み始めた

ある夜のことだった。

「おい、この音は変だぞ、そう思わないか?」

ジョナサンのお父さんがお母さんに言った。

隣り合わせに壁をへだてた空き家から、夜になるとコトコトと奇妙な音がかすかに響いてきていたからだ。

「誰もいないはずだもの、イタチか野ネズミの仕業でしょ、いつか逃げていなくなるわ。」

そんな話が交わされた翌日の朝早く戸を開けたジョナサンのお父さんは森の奥に向かって松葉杖を突きながら、足早に歩いていく人影をとらえた。

「どうもおかしい。おーい。」

お父さんの声が聞こえている筈なのに、その男は知らん振りをして木立を縫って去って行く。

息をきらしてお父さんが追いつくと「何か私に御用で？」

追いつかれた男はゆっくり振り向いて、そう言った。

「御用もなにも、どうしてこの森へ？」

お父さんがそう言うと、その人はちょっと思案してから、ジョナサンの小屋の方を指差しながらこう言った、

「しばらくそこの家に住むことになりました。」

「そこの家だって？ あれはうちの隣りの空き小屋じゃあないか。持ち主のドンの許可をおもらいで？」

はい、とも、いいえ、ともつかない首の振り方をして、

「どうぞよろしく、ネコと言います。」

そう言うと初めてその男は丁寧なお辞儀をした。

ネコというおかしな名前は、この国、コスタリカではごく普通で、あそこの家にもこちらの家にもネコさんが住んでいる。

お父さんは、おかしな奴、と思ったけれど、あまりに礼儀正しくお辞儀をされてしまうと、この痩せて貧相な服を着た男が可哀想になってきた。しばらく成り行きをみようという気持ちになってしまう。

ネコと名のる男がこのあたりでは珍しいピンクがかった白い肌をして青い目をしていたこともお父さんをちょっとひるませ、成り行きをみようと思わせたもう一つの理由でもあった。

ジョナサンのお父さんは、きれいな白い肌をみかけると、とっさに褐色の肌をした自分よりも相手が偉いのではないかと思って、恐縮してしまうのだ。

昔この国を征服しにやってきて、コーヒーなどの仕事を始めた、大方のスペイン人のほうが、色が白かったことも、白い肌の人が偉いとお父さんに思わせた理由でもあった。

お父さんが小屋の持ち主で、コーヒー園の主人、ドン、にいきさつをいう機会をさがしているうちに、三日もするとネコおじさんは当たり前みたいに隣に住みついてしまった。

その日いらい、ネコおじさんは、太い松葉杖をコトン、コトンとつきながら、森を歩きまわり始めたのだった。

若い頃に石きり場で突然崩れた岩に押しつぶされたという脚は、すでに失くなっているのに、たまにうずくらしく、ネコおじさんは時々背中をまるめて失った脚をかばうようにうずくまることがある。

それでもおじさんは、小屋を貸してくれた、と自分で勝手に思っている、小屋の持ち主のドンのために燃料の枯れ枝を束ねたり、落ちたマンゴーを拾ったりして日を過ごしている。

その日も抜けるような青空のもとで、丘のコーヒー畑では朝早くからコーヒー摘みが始まっていた。

ジョナサンの両親や、森のあちこちに住むおじさんやおばさんたちが、枝をしごくようにして、鈴なりについた赤く熟したコーヒーの実を、背丈ほどの木から手際よく摘んでは布袋に入れている。本の木の実を摘み終えれば下枝をくぐって次ぎの木に移る。茂った枝が邪魔をして腰をかがめないと次の木に進めない。

學校に行きたくない

ジョナサンのお母さんがやっと一本の木の実を摘みおわって、やれやれと腰のタオルで汗をぬぐっていた時だった。枝をはねのけながら担任の先生がやって来た。

「えっ、行ってない？」

挨拶もそこそこに、先生の言葉にびっくりしたお母さんは、初めてジョナサンが今日で五日も学校を休んでいるのを知ったのだ。

「じゃあどこにうちの息子は行ってるんですか。」

目を丸くして先生に尋ねるお母さんに、

「こっちこそそれが訊きたくてやって来たんですよ、お母さん。」

と、お母さんの顔をのぞくようにして先生は渋い顔をした。

途方に暮れたお父さんとお母さんを前にして、先生はとにかくジョナサンを学校に寄越すように、と言って帰って行った。

日が暮れるまで、コーヒー摘みの労働で疲れ切って帰る両親が、ジョナサンに学校の出来事などを聞くのはほんとにまれだったので、お父さんとお母さんはビックリしてしまった。

実は学校を休んだジョナサンはネコおじさんと一日じゅう森にいた。ジョナサンは学校に行くのがつくづくいやになってしまっていたのである。

「いつか買ってあげるから。」

とお母さんに言われながら、五日前までは筆箱の代わりにビニールの袋にちびた筆を入れて毎日学校に行っていた
ビニール袋に入れた鉛筆はしょっちゅう芯が折れたし、それより何より、

「おかしな鉛筆箱だなあ。」

と何度も友達に笑われるのがジョナサンはとてもいやだった。

奇妙なことに、ジョナサンの家には、誰からも小さな箱に入ったプレゼントさえ

届いたことも無く、とにかく空き箱というものが彼の家には存在したことがなかった。

だから代わりの工夫もできずじまいで、鉛筆はいつまでも本来は透明だった筈の今は薄汚れたビニールの、ニンジンならば二本入るくらいの袋の中に収まりつづけていた。

なるべく気にしないでおこうと思っていたのに、袋を取り上げてかかげながら、これ見よがしにあざけって教室を駆けまわる友達が増えていると、もう、本当に友達にあうのが嫌になってしまったのだ。

森に居たジョナサンが、チョロチョロと木肌を這うトカゲを追っかけたり、青いマンゴーの実を棒で落したり、ネコおじさんを手伝って薪を束ねたりしていると、時間はあっという間にたってしまう。

おじさんがほとんどしゃべらないから、ジョナサンも黙って仕事をする。

ふと、手を休めたネコおじさんが声をかけた。

「おい、帽子！」

「ちょっときちんと立ってみな。帽子のほうが長くはないか？」

「そんなことないよ」

立ち上がってジョナサンは帽子のボンボンを引っ張ってみる。

「気にいったのか、へんてこな帽子を。」

「へんてこな帽子をくれたのはおじさんじゃないか。」

ふふ、うふふ、と笑いあいながら、二人は再び薪を拾い始めたようだ。

ジョナサンに言ってはいなかったけれど、この帽子はネコおじさんの奥さんが編みかけ帽子だった。

奥さんを亡くしてから、悲しくって、寂しくて、何もする気にならなかったネコおじさんが、ひと目、ひと目と編み足した結果、とんでもなく長い帽子が出来上がってしまったようだ。

「お昼にしようか。」

「今日も、紅茶がゆか出来上がる

「サラダもつくろう」

ネコおじさんはヒョイと杖をかかげてアボカドの実を叩き落すと、流れで摘んだクレソンと合わせてサラダを作った。

「おいしいね。」

「うまいね。」

たったそれだけの会話を交わして、二人は黙々と食事をおえる。

「ちょっとシエスタ（昼寝）、ひとやすみ。」

ネコおじさんは木陰をさがしてヨイショッと横になった。

ジョナサンも真似して積もった枯れ葉の上に寝転んでみる。じっと土に耳を土にあてていると、熟して木から落ちるマンゴーのコトンという音が意外な大きさで響いて来る。ジーンジーン、チッチチ、とかりかに虫の音も土の底からきこえてくる。

どれほどの時間が過ぎただろう、突然ジョナサンがネコおじさんに声をかけた。

「ねえ、おじさん、ずっと学校に行かなかったら、僕どうなると思う？」

「ねえ、こっち向いてよ、僕、どうなっちゃうと思う？なんとかなるよね、おじさん。」

「なんとかはならないさ、おじさんみたいになる。」

そう言うとネコおじさんはゴロリと寝返って、ジョナサンを真っ直ぐ見つめ直した。

「うん、間違いなくおじさんみたいになるね。保証つきだ。」

おじさんの目はいつになく厳しい。

ネコおじさんはたったの三週間だけ小学校に通ったきりだそうだ。字が読めず、計算も足し算しか出来ないから時々ひどく恥かしい失敗をして人からあざけられ馬鹿にされる。

「ときどき人間を辞めたくなる。」

ポツンとおじさんはそう言うと、キラキラ陽の踊るアボカドの木のてっぺんに向かって手をかざしながら、光に透ける手をじっと見つめていた。

ネコおじさんの仕事とは

ある満月の夜のこと、ネコおじさんの仕事を手伝う積もりで、ジョナサンは森はずれのヤシ林に急いだ。

おじさんの仕事は、パルミトをとることだった。

パルミトは、アスパラガスのような形をした、若い筍みたいな味をした食べ物で、ヤシの若木を倒さなくては、とれない、贅沢な品だ。つまり、パルミトをとるために、育つはずのヤシが一本倒されることになる。

「僕だよ、ジョナサンだよ。」

整然と列を作って植えられているヤシ畑の夜の沈黙は、奥に潜んでいる何かに見つめられているようで、一人で入るには勇気がいる。

おじさんは呼ばれても振り向かない。薄い肩はこわばって、それはまるで振り向くもんか、とすねているようにも見える。

「おじさんに欠けているのは計算する力だ。」

いきなり、夜のヤシ林で聞くにはとんでもなく場違いな言葉を聞かされて、おじさんは、若木を倒す手斧を持ったまま思わず振り向いた。

「え、今何て言った、え、帽子！」

ジョナサンだって思わず自分の口から飛び出してしまった言葉にびっくりしてしまった。

ずっと考えてはいたけれど、まさかこんなときに言ってしまうなんて。

ジョナサンはいつも考えていたのだ。

一生懸命パルミトを切って、明日町に売りに行ったって、おじさんは算数が出来ないから、町の人達にうんと安く買いたたかれてしまう。

そもそも満月の翌日に町で売るパルミトは、他人のヤシ畑からちょっとはみだしてしまったヤシの若木から失敬するのだから、それを知っている人達は、勝手に安い値で買っていく。

あんまり自慢できる仕事ではないのだ。

せめておじさんが八掛ける九十ぐらいは計算ができて、誰かに雇ってもらえたらいいなあ、と。

ジョナサンはおじさんに近づいて思い切って言ってみる。

「せめて僕ぐらい勉強ができたらなあ」

おじさんは

「俺を侮辱したな。帽子！」

と言ってジョナサンの帽子のボンボンを引っ張る真似をした。

「お前の大事な帽子をくれてやったことを忘れたか？うん？」

「礼儀ってもんがあるだろうが、えっ？」

そして二人は身体をぶつけ合いながら、あはは、うふふ、と声を殺して笑いあった。なんだかとってもおかしくって、ついに笑いはじけてヤシの林にこだまする。

しかし、本当はおじさんはとても勉強がしたい。

字が読めないから、規則などが分らなくて工場などでは雇って貰えないし、まだ三十八歳なのに、おばさんを病気で死なせてしまったし、その上たった一人いた男の子も産まれるとすぐに肺炎という病気で亡くしていた。

いつかおじさんが森の草の上に寝転んで人間を辞めたくなると呟いたことをジョナサンは思い出していた。

ホタルの光に森が浮く

二人がひとしきり笑ったあとだった。不思議な気配を感じて、ジョナサンの住む森を振り返ると、森は今まさに光の海に浮き始めるところだった。

「ホタルだ、土ホタルだ！おじさん土ホタルだよ！」

「おっ、きれいだねえ。」

突然いっせいに発生するホタルが木々を覆って、光の海が黒々とした幹を浮き立たせるのが見られることがあった。

森がそのまま浮きあがってどこか遠くへ旅立つような気さえする、この世のものとは思えない世界の出現だった。

目をこらしてホタルの森を見つめるジョナサンの目に、ふと光の中を不確かな動きを見せながら、歩く人影が見えた。ヤハイラだ。

「ヤハイラだ！おじさんヤハイラが来る。」

「又出てきてしまったのか、可哀想に！」

背伸びしたネコおじさんの目に、肩までかかる髪を銀色に波うたせて、少女が足元を確かめながらゆっくりやって来るのが見とおせた。

ヤハイラはヤシ畑のはずれにコーヒー労働者の両親と住んでいる十二歳になる女

の子だ。

お屋敷の主人、ドンの奥さんのドーニャの許で、掃除や洗濯をして働かなくてはならなかったから，ヤハイラは五年生で学校に行くのを辞めてしまっていた。

四歳になるかならないうちから、ニンジンの尻尾でさえ細かく刻むことを覚え、料理の火加減を知り、ほうきを上手く使うことを知っていた。

洗濯機を使うと布地が早く傷む、とある日ドーニャが言い出してから、ヤハイラは毎日手を使って洗濯をしなければならなかった。

お屋敷の三人の息子達が無造作に出す洗濯物は一山と数えたほうがいいぐらい凄い量だったから、一日中洗濯に追われているヤハイラの手は赤く荒れていた。

「ヤハイラー、待ちなさい。」

ヤハイラを呼ぶお母さんの高く細い声が森をつんざく。

そろそろと歩いて来るヤハイラにはお母さんの声は全く耳に入らないらしい。

ネコおじさんは手を休めると、

「それにしても、眠りながらどうやって戸口の鍵がはずせるのかなあ。」

と言ってヤハイラの方に歩き始めた。

疲れ切った日には、眠ったままで立ちあがって外に出てしまうヤハイラが、このところひんぱんに見かけられるようになっている。

「しっかり鍵をかけておいたのに。」

やっと追いついたおばさんは息を整えながら、

「どうしたもんかねえ。」と言ってヤハイラを抱きしめた。

「これはきっと病気だよ。夢遊病という病気だよ。早くお医者さんに診せたほうがいいんじゃないか。」

とは言うものの、ネコおじさんはヤハイラの家も貧しくて、なかなか娘を病院に連れて行けないことも知っている。

ヤハイラを呼ぶお母さんの声に気付いて、ヤハイラのお父さんやジョナサンの両親も駆けつけて来た。

「どうしたもんだろうねえ。」

ヤシ畑の下影で五人の大人と一人の少年が、少女をめぐって肩を寄せて考えあぐねている。

「さあ帰ろう、あったかいお茶でも飲もうよ。」

お母さんに抱えられて、無意識に家を出てきてしまった自分に気がついたのだろう、ヤハイラはずかしそうに裸足の足元を見つめ続けていた。

ジョナサンがとうとう学校には行かずじまいのうちに、夏休みがやって来た。

からかう人のいないコーヒー畑で過ごす一日は、お父さんが、コーヒーを摘みながら吹く口笛の、ヒュルルと高い音色に呼び寄せられて、低空飛行でやってくるハイイロコマドリや、追いかければ逃げあぐねてヒョイとジョナサンを見つめる可愛い目をしたエメラルド色のトカゲを見つけたりして、一日中あきることがない。

木陰にしゃがんで、赤茶色したアリが自分の体の二十倍はありそうな葉っぱをセッセ、セッセと巣に運ぶ行列をいつまでも眺める事だって大好きだ。

さっきから、さわさわ、さわさわ、と遠くの森に降る雨の音が微かに聞こえて来ていた。湿った雨の匂いもあたりに漂いはじめた。

澄みきった空に貼りついたように動かなかった入道雲も、音をたてるような勢いで崩れていく。もう二分もすれば必ずスコールが襲ってくるだろう。

やがてやってきたスコールは、大口開けて挑みかかるライオンみたいな強さをあたりに見せつけて、土をうがち、たっぷりと森や林をうるおしてサッと去って行った。

そのいさぎよい去りかたは、まるで空の上から誰かが命令を下しているみたいだった。

「そこの丘からそこの森までを濡らして、さっと引き上げろ！」

「了解！よーい、始め、さっ、もう終わり、引き揚げ！」。

大地を打つ力強い雨の振動は、グーンとジョナサンの体を突き上げる。それは

まるで

大地とジョナサンが合体したような不思議な感覚で、天地を司る誰かが、ジョ

ナサンに、

よしっ、これからは、学校に必ず行くぞ、負けないぞ！といった震えるような覚悟をうえつけたようだった。

大人になる一歩てまえの約束事の気がした。

暴れるだけ暴れたスコールが去った後の森を、緑色した子ガエルたちが、やり過ごした雨に洗われて気持ちよさそうに、そこここの石の上に座っている。

見上げれば、梢の隙間からカラリと晴れた穏かな青空が眩い太陽の光とともに広がっていた。木洩れ日の揺れる森の小道は、ひんやりと冷たく、道の両側のコーヒー畑からは、ほのかにコーヒーの香りが漂っている。

道をふさぐ子馬と涙を流す母さん馬

「今日も子馬はいるかなあ。」

つい昨日のこと、一頭の子馬が草を食む母さん馬に見守られて、たまにしか人の通らない昼下がりの小道にのんびりと寝そべっていた。

四本の脚をのびのびと伸ばして寝転んだ子馬の体は、大きな岩みたいで、横たわったお尻はほんとにがっしりと大きくて、色のつやつやした美しい毛並みが、日を返して時々ヒクッと波打っている。

いつかお父さんが、

「まったく、昼間から寝そべる馬なんて。馬の昼寝は立ってするもんだ。」

と、その無防備な様子に呆れていたけれど、馬という利口な動物は、敵が来たときにすぐ逃げ出せるように、普通は用心をして立って眠る。

今日も寝ころがっている仔馬を起さないように、そっと、ジョナサンが歩きかけた時だった。

「どうした？帽子！通れないのか。」

森からぬっと出てきたネコおじさんが、仔馬の首をひょいっとまたいで、ジョナサンの所にやって来た。

「おい。帽子！見てみな、そこにいる母さん馬を。」

ネコおじさんが、顎をしゃくって木陰につながれている母さん馬の目を指差している。

母さん馬の大きな黒い瞳から、涙がポロンと一つ、そうしてまた一つぶ、こぼれ始めるのが見えた。

「泣いた馬を見たことがあるか？・えっ？」

ネコおじさんはまるでジョナサンが母さん馬を泣かせた犯人みたいに、彼をにらんで突っ立っていた。

「ない、でもどうして泣いてるの。」

ついさっき、コーヒー豆を運んで麓の町まで下った母さん馬は、ネコおじさんが杭につないでちょっと用足しに行ったすきに、誰かに小石を耳に投げ込まれたらしい。

馬のいななきを聞いて駆け付けた時には、母さん馬はつながれた紐を引き千切って逃げ出そうと両脚を高く蹴上げてもがいていた。ふさふさした尻尾も恐ろしさで後脚の間に捲き込まれ、のばした首は天を向いて助けを求めて祈るようだったという。

耳の中でゴロゴロ転がる石は、きっととてつもない音を出して母さん馬をこわがらせた違いない。

森に戻ってほっとしたのか、母さん馬は涙を流すようになった。

こわくって、痛くって、飼われた馬であることが多分とても哀しくて、母さん馬はどれほどの涙をながしたことだろう。

「つながれた馬をいじめるなんて、なんて奴だ。一体誰なんだ。いたずらが過ぎる。今度そいつを町で見つけたら容赦しないぞ。」

ネコおじさんはそう言い捨てると、後を振り返らずにとっとと行ってしまった。

字を覚えたネコおじさん

あれから一年、又夏がやって来た。

「帽子！ネコおじさんが掛け算が出るようになったんだって。」

ある日、この頃お屋敷に住み込んでめったに森に帰らないヤハイラが、ジョナサンを見掛けると駆け寄ってそう言った。

今日は久し振りにジョナサンはヤマビワの木に登って夢中で実をとっている最中だ。コーヒー園の子供たちはヤマビワの小さいイチジクの形をした、黒ざとうの味のする実をよくおやつ代わりにする。

いきなり声を掛けられて、崩れた姿勢をジョナサンは立てなおす。

「すっごいなあ、凄いや。もう掛け算が出来るの？」

ネコおじさんがあまりに朝早く小屋を出るので、ジョナサンは最近おじさんに会っていなかった。

「毎日とっても元気そうにトコトコ杖をついて働いてるよ。」

おじさんは森のドンと、毎日1時間だけ勉強する約束をしたらしい。

「ふーん。」

「それに、ネコおじさんって呼ぶと、振り向いてくれるよ。」

「へえ、おじさんが振り向くの？」

ネコおじさんが呼ばれてもめったに振り向かないことを森のみんなはよく知っていた。

「そう、呼ぶとすぐおどけた顔みせて振り向く。」

ネコおじさんがおどけた顔をするなんて、ジョナサンには考えられなかった。ジヨナサンの知っているおじさんはめったに笑ったことなんてなかったのだ。

「じゃあ人間を辞めたくなる、なんてもう言わないよね。」

「えっ、そんなことネコおじさん言ってたの。」

「二度くらい聞いたことがあるもん。」

警察に連れていかれたネコおじさん

ある朝早く、コーヒー畑にとんでもない話が風に乗って聞こえてきた。

ネコおじさんがおまわりさんに連れていかれたという。

ドンの屋敷に、山から引く水のための鉛管が、一夜のうちに竹に代わっていたという。

「そう言えば、長い鉛管をずるずる引きずって、町に下りるネコを見かけたっけ。」

「確かに大した音を立てて坂を下って行ったぞ、ネコは、」

あまり堂々と鉛管を引きずるので、まさか盗んだ管とはだれも思わない。

おまわりさんに問われて、ネコおじさんは、

「竹も鉛管と同じように水を流せますもんで。」

と、言ったらしい。

盗みを働かなくてはどうにも暮らせなくなったネコおじさんに、警察が下した結論は、ドンに算数を習うこと、易しい文字が一年以内に書けるようになることだったそうだ。

とても大切なヤハイラ

「来年は中学だね。ジョナサン。」

ヤハイラがジョナサンの目をのぞきこみながら尋ねる。ヤハイラはジョナサンの帽子に手を伸ばして、ボンボンをちょっといじってから、また言った。

「それはそうと、学校にちゃんと行ってるの？」

「うん。」

答えながら、ジョナサンは一年前の、あのホタルが羽化した晩を思い出していた。

森全体がぼうっとホタルの光に浮きあがって見えたあの夜、ヤハイラは眠ったまま、それとは知らずにヤシ畑に出てさてしまったのだった。

森に住むみんなが随分心配したことが、まるで昨日のようによみがえる。

「身体の調子はどう？もういいの、最近は？」

尋ねるジョナサンに、手のひらをヒラヒラさせながら、ヤハイラが、

「ま、そこそこ。」

と、大人みたいな返事をした。

亜麻色の髪を肩に垂らして今目の前にいるヤハイラは、たしかジョナサンと二つしか違わないはずなのに、たった一年の間に十歳も違うみたいなまぶしいようなお姉さんになっていた。

黒い大きな目が、ヤハイラの褐色の肌をいっそう際立てて、ふっくらとした小さな唇は話しをするたびに可愛らしく開いて、つい一年前に、ばあさんヤハイラなんてひそかに呼んでいた疲れ切っていたヤハイラとは別人の、スラリとした美しい少女

がそこにいる。

「まだ手で洗濯をしているの？」

あの頃ヤハイラは洗濯機を使うことを禁じられて、ひび割れてすっかり荒れた手をしていた。

「新しい女の子も入ってきたから、私は台所係り。」

「ふーん、台所係りか、じゃオムレツも作れる？」

ヤハイラはニコッと笑って頷いた。両腕を腰に当ててちょっと偉そうに反りかえっている。

「凄いねえ。」

「凄いでしょ。」

「うん。」

ヤハイラの髪が夕陽の逆光に透けて、一本一本がきらきら輝いている。
遠く山の端に陽が沈みはじめ、切ないほどに懐かしい草いきれがたちこめて、
一日がいま一日を終えようとしている。
明日もきっと良い日になりますように。ヤハイラにまた会えますように。

老鯊魚與寧芙的故事

不知昏迷了多久。

天空高遠空闊，一望無垠的蔚藍色大海在盛夏的陽光下閃閃發光。

明明就溺水了，無法游泳了，為什麼會在這裡？

渾身濕透的十歲女孩寧芙躺在南方小島那受到海浪不停拍打的岸邊，靜靜地四處張望。

溺水的寧芙與救人的鯊魚

「是我把妳帶到這裡來的。」一道低沉的聲音隨風傳來。

寧芙緩緩地轉頭，看見一條大鯊魚一邊用胸鰭拍打海面，一邊向她游過來。

寧芙依然記得，在她被大浪吞噬，無論如何掙扎也於事無補的時候，耳邊出現了鼓勵她的聲音：「加油！」那聲音的出現，就在海面漸漸地變成了遙遠而模糊的光點，寧芙感到絕望之時。現在，眼前的鯊魚也用著同樣的聲音在說話！

「是我發現妳被大浪沖到對面的島嶼附近的。」

鯊魚指向遠方的島嶼，那裡的椰子樹林看似一條灰色的細線，在海面上若隱若現。

「您能看到那麼遠的地方，真厲害！」

「我當然也看不到，這麼遠。不過，聲音會以振動的形式在水中傳播。我具有捕捉這種振動的能力。」

「在妳溺水的時候音波一傳來，我就立刻動身游了過去。」

「我能夠以每秒十公尺以上的速度游泳。對我來說，游去救個溺水的人只是小菜一碟。」

「不過，接下來就比較麻煩了。我得反覆用嘴叼妳，把妳放開，再用鼻尖推妳。好不容易才將妳送到這個地方來。」鯊魚深吐了一口氣說。

「我們是無法倒著游泳的。那時要是不小心弄丟了已經昏厥的妳，我還得轉一圈回頭去找妳。那只會更累。」

鯊魚那略帶灰色的藍眼睛的下半部被一層不透明的膜覆蓋著。背部傷痕累累猶如斑駁的黑色牆面，而且上面還黏著許多堅硬的貝殼。看來這是一條已經活了很久的鯊魚。

「鯊魚先生，您背上的傷痕和黏得死死的貝殼都是歲月留下的烙印。您應該年紀很大了吧？勞您費心費力了，非常感謝您救了我。」

「我今年就要一百五十一歲了，同伴當中還有已經活了四百年的傢伙。」

「哇，鯊魚能活這麼久啊！」

「沒錯，我們是海洋歷史的見證者。」

過了一會兒，鯊魚睜開沉重的眼皮，端容正坐，正經地對寧芙說話。在海洋裡，端容正坐是指收起胸鰭，挺起背鰭，靜靜地漂浮。

「喂，妳意識到了嗎？我們正在對話。」

「哇，真的耶！我在跟鯊魚交談。」

寧芙睜大了略帶棕色的眼睛，注視著鯊魚。

「不過，沒有人會相信我能和鯊魚說話，所以我不會告訴別人，以免被誤會我撒謊。」

鯊魚盯著寧芙看了一會兒之後潛入海中，又黑又大的身影很快就消失了。

溺水的寧芙

這一天早晨，寧芙為了抓岸邊的小魚賣給港口食堂的大叔，腰上繫著魚籠，抱著竹簍，踏進了海裡。

過不了一會兒，一股大浪突然就像是要把大量的海水都推上岸似的襲來。那是沿著島嶼航行的渡輪所激起的人浪。

那翻滾的浪潮彷彿在捉弄寧芙，先挖掘她腳下的泥沙，抓起她那小小的身子，再將她拋甩出去。

「海水淹到肚臍還好，但若是淹到胸口，整個人就會被拖到外海去。」

寧芙想起外公說過的話，便使勁地伸腳去踩淺灘。然而，浪潮往回退的力量實在是太大了，她人根本就站不起來。

她掙扎了一會兒，好不容易站好，正當要鬆一口氣的時候，大浪又再次撲了過來。

轟隆、轟隆，大浪強力碾壓寧芙。接著，就像拉著她似的，迅速將往她海底方向帶。她人已經不行了，撐不住了。

原本透明的周圍，變成了蔚藍色的世界，黑暗深入體內，將寧芙往下壓。

寧芙越是要掙扎浮出水面，雙腿就像被怪物拖住似的益發沉重，因此根本就無法浮出水面。

忽然間，寧芙的耳邊傳來了略帶沙啞、低沉的聲音。

「妳不會有事的，再堅持一下。加油！」

寧芙在意識模糊當中聽到這句話，隨即便昏了過去。
原來那聲音就是剛才出現在眼前的鯊魚所發出來的。

賣小魚

太陽西斜，四周開始瀰漫日暮時分的氣息。寧芙那及肩的淺咖啡色長髮似乎已經完全乾了。
「好，我會加油的！」
寧芙經歷了那麼大的危難，身上卻沒有任何不適之處。她急急忙忙地奔向海灘，因為食堂的大叔正等著要買她捕到的小魚。

雙腳呈現八字形，一聲不響地進入海中，即可看到成群結隊群的小魚頂著海浪往外海前進的模樣。牠們露出黃色條紋的後背，看似得意地游著。

寧芙把掛在腰間的魚籠繫好。在浪潮退去的一霎那，舉起竹簍，一鼓作氣地將小魚撈起，然後再用一隻手將跳躍的小魚放進魚籠集中。如此反反覆覆進行著相同的動作。

「喂，寧芙，妳抓了不少魚吧？」

食堂的大叔推著腳踏車走了過來。他還是老樣子，身穿T恤，短褲下露出細如竹竿的小腿。

「妳抓了不少喔！幫了我很大的忙。」

大叔接過小魚，從口袋裡掏出皺巴巴的鈔票，放在寧芙那因泡水過久而變得皺巴巴的手裡，然後說道：「我還得去多收一點魚貨。」說完，他便手按魚箱的貨架，到別處去了。

每當車輪陷入沙地，被乾草纏繞時，大叔總會一邊喊著「嗨呀」，一邊使勁地推著腳踏車往前行。

像寧芙一樣貧窮的孩子們在海灘上的各處等著大叔的到來，這讓他揮汗如雨，不得不匆忙地蹬著腳踏奔來跑去。

今天的最後一班渡輪就要離開港口。汽笛聲一響，大浪隨之滾滾而來。

寧芙的住家

「我回來了！」

寧芙一面想：「食堂的大叔用好價錢買了我的小魚，鯊魚在我溺水時救了我一命，所以今天真幸運」，一面穿過滿是香蕉葉垂下的林子，最後一溜煙衝進了家門。

一個眼角刻畫著深深皺紋的老年人笑瞇瞇地迎了上來。他是媽媽的爸爸，也就是外公。外公的細腿和每走一步就會發出嘎吱嘎吱聲的瘦膝蓋，從他的條紋棉質褲裡露了出來。他有三條同樣的短褲輪流替換穿。在這個熱帶國家，衣服晾起來曬很快就會乾，因此只要有幾件衣服就足夠了。

寧芙家裡只有一個房間。房間的各個角落有繩子串聯，繩子上掛著大夥的衣服。房間正中央擺著一張簡陋的木桌和四張小板凳。

房子前面的沙地小院子裡，約有十隻雞在忙著覓食。廚房外露的排水溝旁有烏鴉將堅硬的鳥啄伸進去找食物吃。

這棟房子只有外牆上釘了一些木板。由於最近來襲的颱風，屋頂的一部分已經被狂風給刮走了，目前暫時先用東西堵住，但必須在下次颱風來襲之前，用新的椰子樹葉修補好。這座小島每年遭受二十多次颱風的襲擊，每次颱風總在破壞某些人家的房子後揚長而去。

寧芙的爸爸因一起海難事故而離世了。一提到屋頂，外公就會呼喊他的名字，也一定會說：「下週六之前我得和荷西一起把屋頂修好。」此時在外公的心中，過去他和寧芙的父親互相鼓勵，一同有活力地工作的時光，彷彿又回來了。

鮮紅的夕陽

在港口的食堂工作的母親應該很快就要回來了。炒好晚餐要吃的小魚之後，寧芙便坐在被海浪拍打而形成的凹地中的岩石上，凝視著又大又紅的夕陽。

還要一會兒才沉入地平線的太陽，投射出絢麗奪目的光芒。那光芒打在海面上形成一條閃爍、筆直的光芒之路，朝著寧芙延伸而來。

「來，到這邊來。」那光芒之路彷佛在呼喚寧芙。

夕陽漸漸落下，似乎在說：「今天這一天也要結束了，明天見，再見！」接著收起光芒，將遠處海天相連的地方染成暗紅色之後便沉了下去。

寧芙回過神來，發覺剛下班回到家的媽媽和自己並排站著，也在靜靜地聆聽海浪的聲音。

夜幕降臨，天空的顏色轉為黑暗，四周也變得漆黑一片。被夕陽拉得很長很長的影子消失了，沙灘上仍散發著午後炎熱的餘溫，溫暖著腳底。

將椰子運到無人島上

有一天，食堂的大叔過來說，他正在找人幫他將椰子運到他私人所有的無人島上。

那座島有聚集著稀有魚類的海灣，有長滿藥草的懸崖，卻連一口可用的井也沒有，因為那裡怎麼挖也挖不出水來。

今天之所以必須將椰子運到無人島上，是因為要讓正在從事藥物研究的客人胡安先生在登島後有飲用水可喝。

「我，就交給我來辦吧！」寧芙抬頭看著大叔，表現出躍躍欲試的樣子。

「好，上車上車。我們得趕緊準備椰子。」在大叔的催促下，寧芙坐上了腳踏車。她脫下橡膠拖鞋當坐墊，雙手緊緊握住大叔的鞍座，以免從車上摔落。

種有椰子樹的碼頭就在繞過海角的地方。

好不容易穿過沙地之後，迎面而來的是平坦的泥土路。腳踏車的踏板一變得輕盈，大叔便開心地哼起歌來：「十顆椰子，由寧芙來運。寧芙運送十個椰子。啦啦啦啦……」

過不久，腳踏車撞上碼頭裡　棵榕樹又粗又大的樹根，停了下來。

「小心！我要砍了，往後退一點。」

成熟的椰子從分不清是天空還是雲朵的高處掉落下來。咚咚咚咚，落到了地面，連腳邊的草叢也為之震動。

寧芙抬頭望去，只見身為船老大，和寧芙熟識的艾德哥哥，像猴子似的抱著椰子樹，用柴刀將一個又一個的椰子給砍下來。

艾德哥哥今天又打赤膊。他那被曬焦了的頭髮和成熟的椰子一樣黃。

艾德哥哥砍下十顆椰子之後，咚的一聲從樹上跳了下來，有點自豪地笑著對寧芙說：「妳要坐我的船，這島上最優秀的船老大的船。」

來吧，出發

「寧芙，妳還行嗎？我們要出發囉！」

寧芙咬緊牙關，搖搖晃晃地把椰子搬上了船。說起椰子的重量，那可不是開玩笑的。不管是其中的哪一個，都像裝滿水的水桶那麼重。

艾德哥哥接著對一直孤單地坐在沙灘上的客人胡安先生說：「不好意思，讓您久等了。我們要啟航了。」

胡安先生約莫二十歲左右，身材高挑，留著中分髮型的頭髮梳理地整整齊齊。他撥一撥褲子上的沙子，略帶拘謹地跨上了船。

實際上，停在沙灘上的船只是一艘又小又窄的木船，三個人排成一列蹲下去就坐滿了。胡安先生心情有些沉重。

輕輕一跨就完成「登船」，那這趟航行會不會出事呀？胡安先生的心中滿是不安。

寧芙則小心翼翼地蹲在胡安先生身後，緊緊地抓著船舷。

「坐穩了嗎？要推囉！」方才在樹蔭底下休息的漁夫們過來合力推小船，小船一下子就滑出因海浪的沖壓而變得緊密的沙灘，輕盈地漂到了海面上。

噗噗，噗噗，噗噗。引擎的聲音響起，小船在艾德哥哥的操控下離開了小島。

二十分鐘後應該就可以抵達那座無人島吧。

大海原本碧綠透明、風平浪靜，但船行至深綠色的海面時，船身因海水的湧動而被猛烈地拋起。

大海、天空、風、雲，乃至於人類，彷彿都要被吞噬在深邃的藍色世界之中。

那條鯊魚的出現

胡安先生突然放聲喊叫：「鯊魚，鯊魚！」

「我看見牠鑽到船底下去了。很大條，就跟這艘船差不多大。」

「牠一定會攻擊我們的。」

艾德哥哥一聽到不經意地站起後大聲喊叫的胡安先生的話，便放慢了船速，四處察看鯊魚的蹤影。

當看到鯊魚靠近到足以將整艘船掀翻的距離時，艾德哥哥也大聲地叫了起來：「坐下，坐下！」

「不要將手伸出船外。小心被鯊魚拖下水成為牠的食物。」

儘管船上的人驚慌失措，鯊魚卻似乎毫不在意，仍然悠哉悠哉地游來游去。翻騰的波浪算得了什麼，「看，我的跳躍如何？」鯊魚一躍而上，將身體懸浮在空中，露出白色的肚子。隨後濺起水花，砰然作響。

「寧芙，妳看到了嗎？我今天的跳躍很特別吧？」

「一般來說，我們不會像鯨魚和虎鯨那樣跳躍。」

「但是今天比較特別，因為能在這裡遇見寧芙，所以比較特別！」

另一方面，胡安先生雙手抱頭，將頭壓低到都快要碰到船底了。他整個人早已陷入絕望之中：「要是鯊魚攻擊我們，該怎麼辦？」

寧芙對著鯊魚喊說：「上次謝謝您了。您聽到了嗎？鯊魚先生。」鹹鹹的浪花濺入了寧芙的口中。

艾德哥哥驚慌失措地叫：「寧芙，妳在說什麼？鯊魚有什麼值得妳感謝的？牠怎麼可能聽得懂妳在說什麼？」

「我溺水的時候，是牠救了我，所以我要向牠道謝。」

「鯊魚救了妳？別鬧了！我得加速將船駛離這裡。」

「牠真的救了我。」

「以後再說，這麼匪夷所思的事，以後再說。」

艾德哥哥將引擎切換到全速。他自認有責任將客人胡安先生平安地送到島上。遭到鯊魚襲擊之類的意外，是絕對不容發生的事。

快點，快點，那座無人島就快到了。

小船突然加速，鯊魚也急忙地追趕了過去。

鯊魚好久沒見到寧芙了，想跟她多聊幾句，於是死命地一路追，拼命地游啊游。不過，鯊魚也是會累到喘不過氣來的。

「啊，快累死我了！可能是因為上了年紀的關係，我快喘不過氣了。我又不會攻擊你們，能不能稍微放慢速度呀？」

由於鯊魚的懇求，寧芙再次對著艾德哥哥說：「鯊魚要我們船開慢一點。」

艾德哥哥的眉頭上揚，仍然是一副驚恐的樣子，瞪著前方說：「妳還在胡說八道些什麼？注意，抓穩了！」語畢，他就像賽馬的騎士一樣，採取深蹲姿勢，緊緊地抓住船舵，駕船全速撥開波濤向前衝。

此時，胡安先生緊抓艾德哥哥的腳，面如死灰。

島影漸近，一大塊作為停船標誌的岩石終於出現在眼前。

對淺灘敬而遠之的鯊魚這時也該游回深水區了吧？

鯊魚噗噗喘著粗氣，再次高高躍起，說道：「嘿，那妳多保重，再見。」說完便遁入海中，消失得無影無蹤。

「再見！再見！」

突如其來的暴風雨

遠處雷聲隆隆，突然間四周變得昏暗，原本晴空萬里的天空被厚厚的烏雲籠罩了。

雨勢急驟，如萬馬奔騰，朝著小船這邊狂奔過來。熱帶地區的雨總是像步調一致，列隊前進的銅管樂隊一樣，嘩啦嘩啦地迎面而來。那雨勢簡直就像連大海都要被吞噬一樣，一個勁地朝著寧芙他們撲來。

「好痛，被雨水打到怎麼會這麼痛？好像被鐵絲紮著的一樣。」

客人一邊揉著手臂，一邊緊咬血色全無的嘴唇。

「忍一下，暴風雨很快就會過去的。」

暴雨拍打小船，在海面上鑿出大洞後刺入其中，接著又敲打沙灘上野生的香蕉葉，發出劇烈的聲響。還好，正如艾德哥哥所言，暴風雨很快便穿越整座島嶼，消失不見了。

胡安先生原本筆挺的白色襯衫，被雨淋濕後緊貼肌膚；原本梳理地整齊、中分的頭髮也濕漉漉的，整個人顯得狼狽不堪。

一陣混亂過後，耀眼的太陽又再度高掛藍天之上，很快就把每個人濕答答的衣服曬乾了。

「哇，今天那鯊魚離我們真的很近！」艾德哥哥又在嘀嘀咕咕。寧芙則一邊想著該如何解釋鯊魚的事，一邊費勁地將椰子搬上岸。

只有一個房間的簡陋小屋

海灘深處有一間鐵皮屋頂的小屋，可以讓胡安先生住下。屋頂上有一個木桶，每當有客人入住時，艾德哥哥就會將收集來的雨水運到屋頂並倒入木桶之中。收集雨水的罐子則放在椰子樹的樹蔭底下，避開陽光直射。

木桶的正下方有一個連接鐵皮屋頂的孔洞，裡頭裝有一條長長的水管。那正是淋浴軟管。客人要淋浴時，只要將掛在牆壁的軟管取下並往下拉，屋頂上木桶裡的水一下子就會流下來。「軟管淋浴」是食堂大叔的傑作，是他應最近越來越多的都市客人的要求而設計出來的。

從小屋前的沙灘延伸出去，是一片崎嶇不平的岩石地帶。在那裡一眼望去，靜靜地在蓄水的海灣盡收眼底。

小屋後方的小沙丘上生長著香蕉樹。小沙丘離小屋很近，近到似乎隨時都有可能掩沒小屋。

「這房子有點小，請你將就一下，在這裡過夜。」

胡安先生隨著艾德哥哥的引領，走進了只有一間房間的簡陋小屋。他環顧佈滿蜘蛛網的天花板，嘆了一口氣。陽光穿過牆板的縫隙照進小屋，讓他產生一種莫名的孤寂感，感覺自己好像要被眾人拋棄似的。

「我不在這裡過夜，大夥一起回去是不是比較好？」

艾德哥哥的動作倒是挺快的，顧不得焦慮不安的胡安先生，又是清除蜘蛛網，又是檢查雨水的蓄水量。

「難得來一趟，所以請好好休息，在此度過一段悠閒自在的時光。這小島是個好地方喔！這些是吃的，有麵包和罐頭等食物。開罐器和湯匙放在那裡。月光穿過窗戶照進屋裡來的夜晚，超棒的！」

寧芙一直忙著用小刀削椰子殼，且為了方便胡安先生喝椰子水，在椰子中間打了個小洞，插入吸管。

「好了，請慢用！」

「好好喝！」

因鯊魚事件的擾動而驚叫不已、口乾舌燥的胡安先生高興地拿起椰子，一飲而盡。艾德哥哥用柴刀將椰子剖開，再用小刀將裡頭一層白色的椰子肉挖了出來。椰子肉的口味有點生澀，像嚼生豌豆似的，卻可以紓緩喉嚨的不適。疲憊的時候食用，其益人氣力的功效如良藥一般。

不能再磨磨蹭蹭的了。海浪堆疊，白沫飛濺，海象開始不穩了！

「快！我們走吧，寧芙。」

胡安先生揮舞著手，目送小船離開。小船慢慢地朝著寧芙他們居住的島嶼駛去，掀起陣陣浪花。

艾德哥哥大聲地說：「今天我們遇到的那條鯊魚好大啊！寧芙，幸虧那傢伙沒把我們的船掀翻。要是牠撞過來，我們可就慘了。」

「呵呵呵。」寧芙因為再次和那鯊魚相遇而心情特別好。接下來她得慢慢地將鯊魚如何救她的故事說給艾德哥哥聽。

無人島上的火

「明天我就要進入島嶼的深處去探尋草藥了。」胡安先生喃喃自語後，開始準備晚飯。麵包被不小心落在沙灘上，已經被海風吹得乾巴巴的，所以胡安先生決定先沾了沾沙丁魚罐頭的湯汁再吃。他接著喝了幾口椰子水便草草地結束了晚餐時間，然後小心翼翼地走進房間，抬起竹子做的睡床，以便趕走可能隱藏其中的蟲子。

岩石密佈的海灘的氣息，透過敞開的窗戶飄了進來。

不知過了多久，天色全黑，四周也陷入一片漆黑，連房間的入口在哪裡都無法分辨。胡安先生突然感覺到好像有什麼異狀，不由自主地坐了起來。明明這是座無人島，怎麼會有聲響，而且聲響的源頭似乎離得很近。既有沙沙的聲音，也有咻咻的聲音，甚至能讓人感受到空氣的阻力。

這到底是什麼聲音？

胡安先生不敢出去一探究竟。果然，隻身一人不該在這種地方過夜！他的心開始怦怦跳，嘴唇不停地抖動。今天初次踏進小屋時打從心底湧起的不安情緒又再次湧上了心頭。

外面一片漆黑，若不定睛細看，甚至連淺灘上的波浪都看不見。令人分不清是海或陸地，以至於容易產生一直往前走就能直接走到對面的小島的錯覺。

終於習慣了黑暗的胡安先生的眼睛，可以遠望銀鼠色，像是滿臉皺紋的海灣了。湧向海濱的波浪在昏暗的海邊劃出一條又一條白色細繩般的線條，啪的一聲湧過來又退回去。

剛才那奇奇怪怪的聲響斗然而來，戛然而止。

突然之間，海灘上升起了橙黃色的熊熊火焰。烈火沖天而起，火花四濺。

火！無人島的沙灘上怎麼會有火？

恐懼穿透了胡安先生的身體，將他定住，讓他像椰子樹一樣站著一動也不動。每次火花飛濺，都能瞧見黑色物體投下巨大的影子，繞著篝火周圍轉動。

「那到底是什麼？不可能有動物喜歡火。那一定是怪物，絕對是怪物！」

嚇得目瞪口呆的胡安先生的眼中逐漸浮現出一個人影。

「啊，太好了，是人。不過，一定是個很可怕的人。」

那個不斷將漂流木扔進火堆裡的人，似乎終於對篝火的火候感到滿意了，側身在篝火旁鋪上毯子，噗的一聲就躺了下來。

有人竟然在午夜的沙灘上獨自一人躺著。那個人竟然還伸了個懶腰，枕著手臂悠閑地看海。

海灣裡突起的岩石背後，開始隱約泛起淡淡的黃色光芒。兩個閃閃發光的球狀物體忽然從海裡冒出來，像是在玩耍似的搖晃了起來。

沙灘上只有波浪聲在迴盪的星夜

那光芒呈圓球狀，往篝火靠近。說不定那光芒底下藏著壞人！怎麼辦？怎麼回事？我無處可逃！在那裡悠哉悠哉躺著的人不會有事吧？我該躲到哪裡去？正當胡思亂想的胡安先生環視四周時，一個女人的聲音隨風傳來：

「喂，快來取暖吧！」

「媽，讓妳久等了。」還有男人的聲音也傳了過來。兩個額頭上戴著頭燈的青年一面高聲交談，一面從海裡走了出來。

懸浮於空中的奇妙光芒，原來是從那兩個青年的額頭上的頭燈發出來的。胡安先生緊繃的神經一下子就鬆懈了。一開始他還能隱忍，但隨著懼怕的情緒退散，安心感猶如一股巨大的力量從內心深處湧上心頭之後，他就再也按捺不住了。

「呵呵，哈哈哈。」即便使力地摀著嘴，笑聲還有連綿不絕，從嘴角漏了出來。一邊抽動肩膀強忍著笑，一邊靠在窗戶向外張望的胡安先生的耳邊傳來了兩個青年爽朗的聲音。

「今晚大有斬獲。我一共抓了二十六隻。」

「我這邊抓了二十一隻。」

他們背對著篝火，熟練地用繩子捆綁東西，看樣子像是在綁螃蟹。每次漂流木一被扔進火堆，火花就會四濺。

「哎呦，我的手又被夾到了。要是螃蟹沒有鉗子該有多好！」

「真是的，這東西真礙事，哎呀！」

胡安先生觀望一陣子之後，便朝著熊熊燃燒的篝火走了過去。

「哈囉！你們抓了不少吧？」

「哇，不要嚇人啦！」

「啊，嚇了我一大跳。」

「你是小屋裡的住宿客吧？來，過來這邊，別杵著。」

中年婦人稍微挪了一下，讓出位置給胡安先生坐。

「這海岸藏著許許多多的螃蟹。」

「我們在晚上，通常會沿著這座小島捕撈。」其中一個青年補充說明。

「若是再往海裡面過去一點，會有更多螃蟹可以捕撈，不過那裡鯊魚也比較多。」那中年婦人一邊捆螃蟹，一邊慢條斯理地向胡安先生介紹這附近海域的情況。

「哇，說到那條鯊魚。」

「那傢伙實在太大了！當時我真的很怕船被牠掀翻，我到現在還心有餘悸呢！」

「幸好那不是大白鯊。」

據那位中年婦人說，只有極少數種類的鯊魚才會攻擊人類，大白鯊就是其中的代表。

「你們都是在半夜三更出來捕撈嗎？」

這是一個寂靜的星夜，偶爾吹過來的風涼颼颼的，只有汩汩的海浪聲在沙灘上迴盪。

星星竊竊低語

「來這裡躺吧！來，很舒服的。」

恭敬不如從命，胡安先生也躺了下來，枕著雙手仰望星空。他的旁邊有好幾隻被沙子掩蓋，正在咕嘟咕嘟掙扎的螃蟹。

「真是個美好的夜晚啊！」

「這裡很安靜，對不對？」中年婦人低聲說道。

星空彷彿被吸走了靈魂，遼闊無垠。星星嘰嘰喳喳地竊竊私語。

一種無法言喻的幸福感湧上胡安先生的心頭。突然間，整個天空一片沉默，胡安先生發覺閃耀的星星停止了眨眼。原來星星會在短暫的幾分之一秒的時間之內，同時停止交談，隨後又開始竊竊私語。

天上的星星似乎在向他發信號，對他說：「這是個美好的夜晚。你並不孤單，我們一直在守護著你。」此一信號也表示，星星完全了解地上的人們所承受的悲傷與所享有的喜悅。此刻，胡安先生感覺到散落滿天的星星和住在地上的蟲子、動物，以及其他所有擁有生命的生物是心靈相通的。一種近似於祈禱所能獲得的深層平靜，讓胡安先生一整個人身心平靜了，安頓了。

「阿姨，您看到剛才的光景了嗎？」

「嗯，看到了。太令人感動了！我感動到要雙手合掌致意。」

兩個青年中的哥哥站起來，將沙子撒在了篝火上。

「我們差不多該回去了，要回去睡一會兒。」他伸手拉著胡安先生說。

「再見，你最好也睡一會兒吧！今天的天氣應該很不錯。」

天快亮了，星光也漸漸變得黯淡。

替外公拿藥

運送椰子到無人島後回來的隔天，寧芙決定前往山上的診所替外公拿藥。

診所位於半山腰，從港口沿著蜿蜒曲折的山路，要走一個小時才能抵達。那山路陡峭，離鬱鬱蔥蔥的茂密森林遙遠。路上樹木舒展枝條，自由自在地向天空延伸；在木瓜樹和香蕉樹自然生長的樹叢裡，高聳的椰子樹也隨處可見。

當寧芙來到診所附近時，小豬們察覺她的到來，紛紛湊了過來，似乎想跟她玩耍。

寧芙揮手驅趕小豬們，一溜煙就爬上隨時都有可能倒塌，情況岌岌可危的木板樓梯，衝進了診所。

牆壁由竹子搭成的診所像是蜷縮著似的建在豬圈上面。底下的豬隻似乎在聞食物的氣味，不時發出哼哼呼呼的鼻息聲；一些豬圈的氣味也隨風飄過來。

樓梯的盡頭是三面敞開的診療室，種植於外的椰子樹毫不客氣地將枝葉伸進房間來。醫生就像竹桿牆面裡被削過的竹竿，又扁又瘦，手腳也顯得粗糙。

「妳外公最近好嗎？」

「嗯，今天早上，他似乎沉湎於過去，一直發呆。」

今天從早上開始，外公就目不轉睛地仰望天空。以前他時而笑眯眯的，時而氣嘟嘟的，眼睛總是炯炯有神，但最近卻時常面無表情。

「真傷腦筋啊！」醫生說著便開始配藥。他從架子上的瓶子裡取出綠色粉末，從另一個瓶子裡取出黃色粉末，然後在紙上攪拌。偶爾也用小勺子從別的瓶子裡舀藥粉後混入。

「希望這服藥有效。妳多和他聊聊大海和魚的故事，也許能幫助他恢復到以前的狀態。」

拿到外公的藥了，寧芙很是開心。

「好了，就順著路回去吧！」說完，寧芙便快步走下了坡道。又走過一小段路之後，媽媽工作的地方，一間兼營餐廳的雜貨店映入了眼簾。

寧芙最喜歡在小路位於小山丘上的起始點，眺望清澈耀眼的大海。只要踮起腳跟、伸長脖子，就能遠遠望見在海邊店鋪前烤香蕉的媽媽。渡輪可能已經停靠碼頭，機動三輪車於港口的廣場載到客人後急匆匆地跑著，其有著紅黃相間條紋的遮雨棚也盡收眼底。

老鯊魚做最後告別的那一個夜晚

圓圓的月亮升起，藍色的光芒照耀四周。那是一個靜謐無聲的夜晚，海灘上的每一粒沙子彷彿都集滿了月光。

寧芙為了抓在退潮後留下來的小水坑裡睡覺的小魚，和媽媽來到了海灘。

忽然，風中傳來略為含混不清的熟悉的聲音。

「喂，過來，我有重要的事要跟妳說。」

那確實是那鯊魚低沉如低音大提琴般的聲音。

「媽媽，鯊魚好像說什麼了。我們去瞧一瞧吧！」

「媽媽確實也聽見了什麼，不是風聲。可是鯊魚怎麼會說話呢？那也不像是人的聲音，感覺有點詭異。」儘管媽媽認為不要過去比較好，但寧芙仍使勁拉著她的手，急急忙忙地往潮水退去後的岩石地帶走去。

在岩石地帶的盡頭，有一條身上的青苔泛著藍光的鯊魚伸展著長長的頭，正在靜靜地等候。

「嗨，妳來了。我得跟妳做最後的告別了。」鯊魚內心沉重地表示。

「我的任務將於今晚結束。我今天一百五十一歲了。」

「恭喜恭喜！」

寧芙直直地盯著鯊魚，心想：「我不要什麼最後的告別！到底是什麼任務要結束了呢？」

「嗯，這或許是值得慶祝，卻又令人感傷的事。」鯊魚接著說道：「我的工作是送終，包括為在事故中死去的人們送終。不過，我偶爾也會讓他們起死回生。從明天起，年輕的鯊魚將接替我的工作。」

「我們終其一生，無論白天或黑夜都在海裡游來游去，不知道什麼是睡覺。因此，一旦發生事故，我們就能立刻趕到。」

海浪靜靜地湧起，在月光底下閃閃發光地舞動。

「寧芙，妳父親在暴風雨中遭受海難時，我見到他的最後一面。他走得很安詳。」

鯊魚溫柔地微笑了片刻。

「在我的任務即將結束時，我想告訴妳，還有妳母親。妳父親的靈魂一直在妳們身邊，因為我能看見。」鯊魚從看似沉重的眼皮底下直視著寧芙的母親，說完後就豎起背鰭，嗖的一聲潛入水中消失了。

「媽媽，爸爸並沒有在痛苦中離去。他的靈魂一直在守護著我們。」

「我感覺得出來，妳爸爸一直都在。」

媽媽說完這句話之後，深深地吸了一口氣，將寧芙緊緊抱住。

「謝謝妳一直很乖巧、懂事，寧芙。我們一定要堅強地活下去！」

潮水的氣息在岩石密佈的海灘上瀰漫開來。

年寄りのサメとニンファの物語

どのくらいそうしていたのかしら。

空は高く、遠く広がるコバルト色の海は、キラキラと真夏の太陽を照り返している。

溺れてもう泳げなかった筈なのにどうしてここにいるのかしら。

南の島の波打ち際で、濡れそぼった姿で横たわっていた十歳の女の子ニンファは、そっとあたりを見まわしていた。

溺れるニンファと助けるサメ

「ここに君を連れてきたのはこのわしじゃ。」

くぐもった声が、風に乗って聞こえてきた。

そっと頭を巡らすと、大きなサメが、胸びれで海を叩きながらやってくるのが見えた。

大波に溺れて、もがいても、もがいても、どうする事もできなかったあの時、「頑張れ」と誰かが耳元で言ってくれたのを確かにニンファは覚えていた。遠く薄明りする海面が、どんどん小さな点となって去っていった絶望的なあの瞬間に、励ましてくれたあの同じ口調で、今サメは話している。

「波にさらわれて、向こうの島の近くまで流された君に、わしは気がついたんじゃ。」

サメが示した遠くの島は、海沿いのヤシの茂みが灰色の細い線となってかすんでいた。

「あんなに遠くが見えたなんて、凄いなあ！」

「見えるもんかい。あんなに遠くなんだから。でも音や声は振動となって水を伝わってくるものなんだよ。それをキャッチする能力がわしにはある。」

「君が溺れているのが伝わった瞬間、わしはすぐにスタートを切ったんだ。」

「一秒間に十メートル以上の速さでわしは泳げる。溺れていた君を助けに駆けつけるなんざあ、朝飯まえさ。」

「しかし、それからが大変じゃった。君を口でくわえて放し、くわえては放しながら、鼻先で押して、ようやくここまで運んできたんじゃ。」

ふうっと息をついてサメが言った。

「わしらは後ろ向きには泳げないんでなあ。気を失った君をうっかり見失うと、もう一度旋回して探さなくちゃならないから、つかれるわけじゃ。」

灰色がかった青い目は、下半分ほどを薄い不透明な膜に覆われている。背中のそこいらじゅうに、まるで壁の黒いペンキが剥げたような傷もある。そして背中には貝殻がごつごつとついている。随分長く生きてきたサメらしい。

「サメさん、随分お年寄りなのに、大変だったんだね。背中のキズやひっついた貝殻がおじいさんの証拠だもの。でも、本当に助けてくれて有難う。」

「わしも今年で百五十一歳じゃ。仲間には四百年も生きたやつだっておったぞ。」

「ふーん、サメってすごい長生きなんだね。」

「そうじゃ、海の歴史の生き証人なのじゃ。」


やがて、サメが重そうな瞼を吊り上げるようにして居住まいを正すと、真面目な顔をしてニンファに言った。海の中で居住まいを正すと言うことは、つまり、胸鰭をたたんで、シャンと背びれを立てて、静かに浮いていることです。

「ところで、気がついたか、君はわしとしゃべっとる。」

「あっ、ほんとだ！　わたし、サメさんと話してる。」

ニンファは茶色がかった瞳をまん丸くして、サメを覗きこんだ。

「しかし、サメと話せるなんて、言わないこった。誰も信じないぞ、嘘をついていると思われるからな。」

ゆっくりニンファを見つめてから、黒くて大きな身体をスーと沈めてサメは行ってしまった。

この日の朝、浪打ぎわに寄ってくる小さな魚を、港の食堂のおじさんに売るために、ニンファは魚籠を腰に、ざるを抱えて海に入ったばかりだった。

突然、大きなうねりが海を押し上げるように襲ってきた。島伝いに航海している連絡船の立てる大波だ。

足許の砂をえぐるように反転してゆく波のうねりは、まるでニンファをもてあそぶように、小さな身体をすくっては放り出す。

「おへそ迄の深さにしろよ、胸まで漬かってしまうと沖まで引っ張られるぞ」

お祖父さんの言っていた言葉を思いだし、ニンファは必死で浅瀬を足でさぐって立ちあがろうとする。しかし、引く潮の力が強くて立ちあがれない。

ようやく身体を立て直して安心したのもつかの間、再び大波がニンファを襲ってきた。

ゴーン、グオーン、波が身体を絞るような強い力でニンファを抑え込む。ニンファを引きずり込むように、ぐんぐんと底に連れて行く。もう駄目だ、限界だ。

透き通っていたあたりは、群青色の世界に代わり、身体の中まで入りこんだ闇は、ニンファを抑え込む。

海の上に出ようともがけばもがくほど、両脚は魔物に捕まれているように不気味に重くて、浮き上がることができない。

突然、ちょっとしわがれた低い声をニンファは聴いた気がした。

「大丈夫だ、もう少しだ、頑張れ。」

うっすらとそれをききながら、ニンファはそのまま気を失ってしまったようだった。

あの時の声の主こそ、今日の前に現れたサメだったらしい。

小魚を売る

太陽が西に傾いて、あたりに夕方の気配が漂いはじめていた。ニンファの肩まで伸びた砂色の髪もすっかり乾いたようだ。

「よし、頑張ろうっと。」

あれだけの冒険をした後なのに、痛いところなんて一つもない。

ニンファは、獲った魚を買ってくれる、食堂のおじさんの待つ浜に向かって、大急ぎで駆けだした。

足をハの字にしながら、音を立てないように、そっと海に入ると、寄せる波に逆らって小さな魚たちが群れをつくって沖を目指して泳いでいる。黄色い縞の背中を見せて、スイスイツーっと得意そうに泳いでいる。

ニンファは腰に下げた魚籠をしっかり結びなおした。波が引く瞬間に、ざるを構えてグイッと魚たちをすくう。跳ねる魚たちを片手で集めて魚籠に入れる。これを何度も何度も繰り返した。

「おーい、ニンファー、沢山獲れたかーい?」

食堂のおじさんが、自転車を押してやってきた。相変わらずのTシャツ姿で、すねを出した半ズボンの下から覗く脚は、折れそうに細い。

「けっこう獲れたじゃないか、助かるよ。」

おじさんは、魚を受け取ると、ポケットからよれよれのお札をだした。水に漬かり過ぎてしわしわになったニンファの手に置くと、

「もうちょっと集めなくちゃ。」

と、荷台の魚箱を抑えながら行ってしまった。

車輪が砂地に食い込んで、乾いた草がからむ度に、おじさんは「よいっしょ」と声を出しながら弾みをつけて自転車を押して行く。

ニンファのような貧しい子供たちが、浜のあちこちでおじさんの来るのを待ってい

るから、おじさんは汗をかきながら、セッセ、セッセと自転車を漕ぐ。今日の最後の連絡船が港を出て行く。ボーッと汽笛を響かせ、大きな波を寄せながら。

ニンファが住んでいる家

「ただいま。」

食堂のおじさんは小魚を高く買ってくれたし、溺れたけれどサメのお陰で助かったし、今日はラッキーだったと思いながら、背丈くらいの葉っぱが幾重にも垂れ下がるバナナの林を潜り抜けるとニンファは勢いよく家に駆けこんだ。

深いしわを目じりに刻んだお祖父さんがにこにこ顔で出迎える。お祖父さんはお母さんのお父さんだ、細い脚と、歩く度にギシギシ音を立てそうなやせ細った膝が、お祖父さんの縞模様の木綿のパンツから覗いていた。お祖父さんは同じような短いパンツを三枚持っていて、交替に洗って穿いている。熱帯のこの国では、干せばすぐに乾くので、ほんの少しの衣類さえあれば十分なのだ。

たった一つしかない部屋にも、隅から隅にひもが渡してあって、みんなの衣類がぶら下がっていた。部屋の真ん中には粗末な木のテーブルと丸いスツールが四脚置かれている。

家の前の砂地の小さな庭には、ニワトリが十羽ほど、餌をつついてせわしなく駆け回っている。カラスがむきだしになった台所の排水溝に頑丈そうなくちばしを突っ込んで餌をあさっている。

外壁に板を打ち付けただけの家は、最近の台風で屋根の一部が飛んでしまい、とりあえずふさいであるけれど、次の台風が来るまでに新しいヤシの葉で葺き替えなければならない。一年に二十回以上も島を襲う台風は、いつも誰かの家の何処かを壊して去っていく。

屋根の話になるとお祖父さんはニンファのお父さんの名前を呼んで必ずこう言う。

「今度の土曜日にホセと一緒に吹き替えなくちゃな。」

お祖父さんの心の中には、海難事故で亡くなったニンファのお父さんが生きていて、一緒に声を掛け合いながら働いた、力のみなぎったころにゆらりと帰っていってしまうらしい。

真っ赤な夕日

港の食堂で働くお母さんももうすぐ帰ってくるだろう。小魚を炒めたおかずの夕ご飯の用意もできて、ニンファは波打ち際の窪地に突き出た岩に腰を下ろして、大きくて真っ赤な夕日を見つめていた。

水平線に隠れるにはまだ間がある太陽が、力のこもった眩しい光をキラキラと海に投げかけ、それはまっすぐに海上を光の道となってニンファに向かって伸びてきていた。

「ほら、こっちにおいでよ。」と言わんばかりにニンファを誘うような光の帯だった。

やがて夕日は、「今日も一日終わったね、また明日ね、またねっ」と少しずつ、わずかな時を稼ぎながら、輝きをおさめて、遠く空と海とがいっしょになるあたりを茜色に染めて沈んでいった。

気がつくとニンファと並んで、仕事から帰ったばかりのお母さんもいて黙って波の音をきいていた。

暮れ残る空の色がだんだん濃さを増して、あたりはすっかり暗くなってきた。みんなの後にできていた長い夕日の影も消えて、日盛りの熱気を含んだ砂浜の蒸すようなぬくもりが足を伝う。

無人島にヤシの実を運ぶ

ある日、食堂のおじさんが、やってきて、自分が持っている無人島にヤシの実を運んでくれる人を探している、という。

島には、珍しい魚が集まる入り江があって、薬草が生える崖もあるけれど、井戸を掘っても水が出ない。

今日はその島に渡る、薬の研究をしているお客のホアンさんのために、飲み水用のヤシの実がいるらしい。

「決まり。私にまかせといて」

ニンファは勢いよくそう言っておじさんを見上げた。

「さあ、乗った乗った。早くヤシの実を用意しないとな。」

急かされて、ニンファはおじさんの自転車に脚をかける。ゴム草履を脱いでお尻に敷くと、落ちないようにしっかりとおじさんの座るサドルを両手で握った。

ヤシの木が植わった船着き場は、岬を回ったところにあった。

砂地をようやく抜けると、平らな土の道に変わり、急に軽くなったペダルを踏むおじさんは愉快そうに鼻歌をくちずさんでいる。

「ヤシの実十個、ニンファが運ぶ。ニンファは十個ヤシの実運ぶ。タラッタラッタラ」

やがて、船着き場のガジュマルの木の太い根っこにぶつかって自転車はやっと止った。

「放るぞ、危ないから退いてな。」

空だか、雲だか、見分けのつかないくらいに高いところから、ゴトン、コーン、茶色に熟れたヤシの実が、足元の草を震わせながら落ちてくる。

見上げるとニンファのよく知る船頭のエド兄さんが、おサルのようなかっこうで木に抱きついて、実を鉈で切り落としていた。

エド兄さんは今日も相変わらず上半身裸だ。日焼けした髪が黄色く熟したヤシの実色をしている。

実を一個きっかり落としたエド兄さんは、ポーンと降り立つと、

「僕の船に乗るんだね、島一番の船頭さんの船に。」と自慢げに言いながら笑っている

いざ出発

「大丈夫かニンファ、出発するぞ。」

ニンファは、あっちにヨロヨロ、こちらにフラフラ。

歯をくいしばってヤシの実を船に運ぶ。

全くヤシの実の重さといったら。たった一つでも、まるで水を一杯に張ったバケツぐらいの重さがあるのだもの。

エド兄さんは、さっきからぽつんと砂浜に座っていたお客のホアンさんに、

「お待ちどうさま、船をだしますよ。」

と声をかけた。

ホアンさんは、二十歳ぐらいだろうか。ヒョロリと背が高く、まっすぐに線をいれて真ん中で分けた髪をきれいに撫で付けていた。

ズボンについた砂を払いながら、ほんの少し気後れしたふうに船べりをまたぐ。

実際、砂浜に置かれている船は、三人が縦一列にしゃがむと、もう一杯になってしまう、狭くて小さい木製の船なのだ。ホアンさんは気が重い。

ひょいとまたげば「乗船」ということになるけれど、航海は大丈夫だろうか。ホアンさんの胸に不安が先立つ。

ニンファはホアンさんの後ろに小さくしゃがんで船べりをしっかりと握った。

「それっ、出すぞ。」

船は波で堅く締った砂浜から、木陰で休んでいた漁師のおじさんたちに押されてゆらりと海に浮かんだ。

ポーン，ポッ、ポッ、ポッ。エンジンの音を響かせ、船はエド兄さんに操られて島をあとにした。

二十分もすれば島に着くはずだ。

穏やかそうに見えていた、エメラルド色に透きとおっていた海は、その色を濃い緑色に変えるあたりから、船底をグオーン、グオーンと持ち上げる荒あらしさを見せるようになっていた。

海も空も風も雲も、そして人間だって、みんな紺青色の深い世界に呑み込まれそうだった。

あのサメさんが

突然、ホアンさんが悲鳴を上げた。

「サメだ、サメだ！」

「今船の下にもぐったのが見えた。大きくて、この船ぐらいの大きさだった。」

「絶対僕らを襲うつもりだ。」

うっかり立ちあがったホアンさんの悲鳴に、エド兄さんが速度をゆるめてあたりを探る。

サメが、船を持ち上げるほど近くにやって来たのを見ると、エド兄さんも叫び始めた。

「座って、座って。」

「船から手をだすな。引きずりこまれて餌食になるぞ」

船の中のあわてぶりも知らぬげに、サメはゆうゆうと回りを泳いでいる。

逆巻く波もなんのその、

「ほら、どうじゃ、わしのジャンプは。」

身体を宙に浮かせて、白いおなかを見せて、水しぶきをバッシャンと飛ばして来た。

「ニンファよ、見えるかい、今日のジャンプは、特別。」

「普通は、僕らはクジラやシャチみたいにジャンプをしないんだ。」

「今日は特別！！、そこにいるニンファに逢えたから特別！」

いっぽう、ホアンさんは、細いすねの間に頭を抱えて、船底にへばりついてしまった。

「襲うつもりだ、どうしよう。」

ニンファが、サメに向かって叫ぶ。

「この前はありがとう。サメさん聞こえる？」

塩からい波しぶきが口に飛び込む。

エド兄さんは狂ったように叫んでいる。

「ニンファよぉ、なに言ってんだ。なにがありがとうだ。サメに話がわかるはずがない。」

「溺れたとき助けてもらったの。だからお礼を言ってたの。」

「サメが助けただって、馬鹿を言うんじゃないよ。スピードをあげるぞ。」

「ほんとに助けてくれたんだってば。」

「あとあと、そんなおかしな話はあとにしてくれ。」

エド兄さんはエンジンを全速力に切り替えた。無事にお客のホアンさんを島に送る責任がある。サメに襲われるなんて、まっぴらなのだ。

急げ、急げ、島はもうすぐそこだ。

いきなりスピードを出し始めた船を追ってサメも急ぐ。

久し振りにニンファに会ったのだもの、もっとおしゃべりがしたい。だから船を追いかけてぐんぐん、ぐいぐい泳ぐ、泳ぐ。なんてこった。サメだって息がきれる。

「ああ、つかれた。歳のせいか息がつづかない。襲うわけじゃないんだから、もうちょっとスピードをゆるめてもらえないかな。」

サメがたのむので、ニンファはもう一度エド兄さんに言ってみる。

「サメがもっとゆっくりって言ってるよ。」

エド兄さんは眉を吊り上げ、怖い顔をしたまま真っ直ぐ前をにらんで、

「まだそんなこと言ってるのか。さあ、しっかりつかまれよ。」

と言うなり、鞭打って先頭を走る競馬の騎手みたいに、中腰になった。舵をしっかりつかんで、ゴーン、ゴーンと波をかき分けながら船を進める。

エド兄さんの脚にすがったホアンさんの顔には生気のかけらもない。

島影が近づいて船をつける印の大きな岩が見えてきた。

浅瀬が苦手なサメもそろそろ深い海に戻らなくてはならないだろう。

ゼイゼイ、コホコホ息をきらせながら、サメはもう一度高くおどりあがると、

「ヒュー ッ、じゃ元気でな。またあおう。」

そう言ってひらりと身をかわしてもぐって行ってしまった。

「さよなら、またね！」

突然やってきたスコール

遠く雷が轟き、突然あたりが暗くなると、さっきまで真っ青に晴れ渡っていた

空に、黒くて厚い雲がひろがった。

船を追いかけるようにして、雨の軍団が凄い勢いでやってきた。

南国の雨はいつだって歩調を合わせて隊列を組むブラスバンドみたいに、ザッザッザ、タッタッタとやってくる。

それはまるで、海を噛み砕くような勢いをみせ、一気にニンファたちを襲ってきた。

「痛い。雨が痛いなんて。針金の束に突き刺されるみたいだ。」

腕をさすりながら、お客さんは血の気の引いた唇をかみ締めているようだ。

「がまん、がまん、スコールはすぐに止むから。」

エド兄さんが言うとおり、雨は船を叩き、海面一面に穴をうがち、突き刺さり、砂浜に自生するバナナの葉っぱを打ちのめし、そこいらじゅうに激しい音を振りまいて、島を駆け抜けて行ってしまった。

さっきまでピンとしていたホアンさんの白いシャツは雨に打たれてピッタリと肌に張り付き、きちんと真中から分けられていた髪の毛も濡れそぼり、みすぼらしい格好になってしまった。

一時の混乱も収まって、まぶしいお日様が青空に現れた。濡れた洋服なんかすぐに乾いてしまうだろう。

「しかし随分近くまでやってきたなあ、今日のサメは、」

エド兄さんはまだこんなことを言っている。

だから説明しようとしたのに、と思いながら、ニンファは、ヨイショ、ヨイショとヤシの実をやっと渚に運び上げた。

たったひと部屋の粗末な小屋

ホアンさんを泊めるために、渚の奥まったところにはトタンの屋根をのせた小さな小屋があった。

屋根には木の箱がのっていて、お客さんが泊まる時は、エド兄さんがその箱に水を運び上げるのがいつもの決まりだった。そのためにヤシの木陰には、雨水をためる壷が陽射しをよけておいてある。

木の箱の真下にはトタン屋根に通じる穴があって、そこにホースが通してあった。これがシャワーと言うわけだ。

お客さんがシャワーを浴びる時は、中の壁に引っ掛けておいたホースを外してのばすと屋根の上の箱の水が一気に流れ出ることになる。

最近増えてきた都会からのお客さんの希望で、ホース・シャワーは食堂のおじさんが考えた傑作だ。

小屋の前の砂浜の続きには、ごつごつと足場の悪そうな岩場があった。その又向こうに静かに水をたたえた入り江が見渡せた。

小屋の後のバナナの自生する小高い砂の丘は、小屋を砂で埋めてしまいそうに、すぐそこまでせまって来ていた。

「ちょっと狭いけど、ここに泊まってください。」

エド兄さんに案内されて、たったひと部屋しかない粗末な小屋に入ったホアンさんは、クモが巣をかけている天井を見回しながら溜息をついている。

壁の板の隙間から陽が差し込む小屋にいると、なんだか自分だけみんなから突き放された気がしてきた。

「泊まらないで一緒に帰ろうかなあ。」

ホアンさんの不安をよそに、エド兄さんはクモの巣をはらったり、雨水の溜まり具合を調べたりきびきびとよく働いた。

「せっかく来られたのだから、ゆっくりしてってください。島はいいところですよ。これが食糧のパンや缶詰です。缶切りやスプーンはここんところに入ってますから。窓から月が射し込む夜なんて、もう最高ですよ。」

ニンファはさっきからヤシの実の殻を小刀でえぐっている。

小さな穴をあけたヤシの実の真中にストローを差し込んで、溜まった果汁をホアンさんに飲んでもらうためだ。

「はい、どうぞ。」

「うまい!」

サメ騒ぎで喉がからからだったホアンさんが嬉しそうにヤシの実をかかえて飲み干した。エド兄さんが、なたでコーンと割って内側の皮にくっついている白いところをナイフでえぐった。

それはやっぱり青臭く、生のエンドウマメをかじった味がするけれど、するっと喉を通る。疲れた時にはお薬みたいに身体に効く。

ぐずぐずしていると海が荒れそうだ。波頭が白く砕け始めていた。

「急ごうニンファ！」

ホアンさんが手を振るなかを、船はニンファの住む島に向かって波を蹴る。

エド兄さんが大声で叫んだ。

「さっきのサメはでかかったなあ、ニンファ、あいつよく船をひっくり返さなかったな。ぶつかってきたら、ひとたまりもなかったぜ。」

「ふっふっふ！」

ニンファはサメにも出会えて、たいそうご機嫌だ。これからゆっくりエド兄さんにサメが助けてくれた話をしなくちゃね。

無人島に火が

「明日はいよいよ島の奥で薬草探険だ。」

ホアンさんはそうつぶやくと、夕食準備にとりかかった。うっかり浜に放ったままのパンは、風にあたって少しパサパサしていたが、イワシの缶詰の汁に浸して食べた。ヤシの実のジュースをちょっと飲んでそそくさと夕食をおえた。

それから、おそるおそる小屋に入って竹でできたベッドを持ち上げ、潜んでいるかもしれない虫たちを脅かしてみる。

開け放った窓から磯の香りが運ばれてくる。

どのくらい経っただろうか。すっかり暮れて、どこが部屋の入り口やら、見当もつかないほどあたりは闇にしずんでいる。

ホアンさんは、ふと何かの気配に思わず身を起した。無人島の筈なのに、音がする。とても近くで、ピシ、ピシッとも、キュッ、キュッとも聞こえる。空気の抵抗までかすかに感じる。

いったいなんの音だろう、この音は。

外に出て様子を見るのも怖い。やっぱり、一人でこんなところに泊まるんじゃなかった。ホアンさんの胸はドキドキ動悸を打ち始め、わなわなと唇のふるえが止まらない。

さっき初めて小屋に足を踏み入れたときの、ズーンと心の底で感じた心細さがよみがえる。

外は真っ暗闇で、目をこらさなければ、浅瀬に寄せる波さえ見えない。どこから海がはじまっているのか、このまま歩いて行けば向こうの島まで行けそうな気さえする。

やがて闇に慣れた目に、ちりめんしわを寄せたような銀鼠色の入り江が見渡せるようになった。浜に寄せる波頭が、白いひものような線を暗い海際にそって描きながら、パッシャン、ザーッと寄せては返している。

さっきの不思議な音はピタリと止んでいた。

突然ダイダイ色の炎が浜に立ち上った。火の粉がパチパチとあたりにはぜて、勢いをえた炎がぼうっと、高くあがった。

火だ、無人島の砂浜になんで火なんだ。

恐怖が体を突き抜けて、ホアンさんはヤシの木みたいに突っ立って動けなくなってしまった。豪快に火の粉があがるたび、黒い物体が大きな影を落として焚き火の回りを巡っているのが見えた。

「あれは一体なんなんだ。火が好きな動物なんているわけもないし、魔物だ。

ぜったい魔物だ。」

歯の根も合わずに、じっと目をこらしているホアンさんの目に、だんだん人影が浮かび上がってきた。

「ああ、よかった、人間だったんだ。でもきっと恐ろしい人に違いない。」

ポンポンと流木を放り込んでいた人は、やがて焚き火のぐあいに満足したのか、火のそばに敷物を敷くと、ゴロンと横になってしまった。

人っ子一人いない夜中の砂浜で寝っころがるなんて。おまけにその人は気持ち良さそうにウーンと伸びをすると、手枕をしてのんびり海を見続けている様子なのだ。

入り江のせり出した岩陰の向こう側あたりが、うっすらと黄色い光を帯び始めた。

チカチカ光る丸いボールのようなものが二つ、海からすうっと現れて、ゆらゆら遊ぶように揺らぎ始めた。

波の音だけが浜に響く星月夜

光は丸い形をとりながら、焚き火に向かってやってきた。もしかしたらあの光が曲者かもしれない。

どうしよう、何だろう、もう逃げられない。のんびり寝ているあの人はだいじょうぶだろうか。どこにかくれようか、とホアンさんがあたりを見回したその時、

「早く火にあたりなさい」と起きあがって呼びかける女の人の声が風に乗って聞こ

えてきた。

「母さん、待ったあ。」と応える男性の声もする。

額にヘッドランプをつけた二人の青年が声高に話しながら海から上がってきたようだ。

宙を浮いていた奇妙な光の球が、青年がおでこにつけたヘッドランプだと分って、ホアンさんの張り詰めていた気持ちが一度に解けてしまった。

最初ククッと忍んでいたけれど、怖かった分だけ安心は胸の奥からすごい力で突き上げてきて、もうおさえられなくなってしまった。

「クックック、アッハッハ！」

いくら口をおさえても、笑いは次からつぎとこみ上げ、唇の端から漏れてしまう。

ひくひくと肩で笑いこらえながら、窓ににじり寄って外をうかがっていたホアンさんに朗らかな青年の声が聞こえてきた。

「今夜はよく獲れたなあ、二十六匹獲ったぞ。」

「こっちは二十一匹つかまえた。」

焚き火を背にして、二人の青年が慣れた様子で紐で結わえ始めたのはどうやらカニのようだ。流木が投げ入れられるたびに火の粉があたりをはらう。

「あいたた、また挟まれた、カニに鋏さえなきゃあなあ。」

「全く、こいつは邪魔だなあ、あいたたた！」

しばらく様子をみて、ホアンさんは燃えさかっている焚き火に向かって歩き出した。

「こんばんは、たくさんとれましたか?」

「うわっ、驚かすなよ。」

「ああ、びっくりした。」

「小屋のお客さんだね、さあ、突っ立てないでもっとこっちに寄ってあたりなさい。」

おばさんがシートをちょっとはらって、場所をゆずってくれた。

「ここはカニが沢山獲れる磯でねえ。」

「僕たちは島伝いに夜の漁をしているのさ。」

と、青年の一人が説明する。

「もうちょっと沖にでると、いっぱいいるんだけれど、サメが多くってね。」

おばさんはカニをくくりながら、ホアンさんにこのあたりの海の様子をのんびりと説明しはじめた。

「あっ、そのサメなんだけど。」

「すごく大きい奴で、船をひっくり返されるかと思ってほんとに怖かった。」

「ホホジロサメでなくてよかったね。」

おばさんによると、サメのうち人間を襲うのはほんの数えられる種類だけらしい。ホホジロサメがその代表格だという。

「いつもこんな夜中に漁をするんですか。」

ときおり肌に感じる風はひんやりとして、ザーッ、ザーッと波の音だけが浜に響く、静かな星月夜だった。

星のささめき

「ここに、寝転んでごらん、気持ちがいいから。」

ゴソゴソと数匹のカニが砂にまみれてもがいている横で、ホアンさんは両腕に頭をのせて空を見上げる。

「いい夜だなあ。」

「静かでしょう。」

おばさんがつぶやく。

魂を吸い取られるような星空は果てしなく高く、広く、星達はさわさわと、ささめき合っている。

例えようもないしあわせな気分がホアンさんの胸にじわじわとこみ上げてきた。

突然、空全体に沈黙が走り、輝いていた星たちが一斉にまたたくのを止したのにホアンさんは気がついた。

一秒の何分の一かの、ほんの僅かな瞬間だったけれど、星達はピタッとおしゃべりを止めて、やがて再びひそひそと互いに話を始めたようだった。

まるで星たちが

「いい夜ですね、君は一人ぼっちじゃあないんですよ。いつでも私たちは君を見守っていますよ。」

とはっきりとサインを送ってくれているようだった。

地上の人が抱える哀しみや喜びをすべてわかっている、というサインでもあった。今、ホアンさんは、空に散るすべての星たちが、地上に住む虫や動物や、命のある全てのものと心を通わせている事実を感じていた。祈りにも似た深い安らぎがホアンさんを包む。

「おばさん、今の見た？」

「ああ、見たよ。ありがたくてなんだか手を合わせたくなるね。」

お兄さんが立ちあがって、焚き火に砂をかけると、

「そろそろ帰るとするか、帰って少し眠らなくちゃあ。」

といいながら、ホアンさんに手をさしだした。

「さようなら、もう一眠りしたほうがいいよ。今日もいい天気になりそうだね

え。」

そろそろ夜明けも近そうだ、星たちの光もだんだん弱くなっていく。

お祖父さんの薬をもらう

無人島にヤシの実を運んだ翌日、ニンファは山の診療所に、お祖父さんの薬を貰いに行くことにした。

診療所は、港から山に向かってくねくねと曲がる道を一時間も登った中腹にあった。

道は急勾配で、まだ鬱蒼と茂る森には遠く、木々はのびのびと空に向かって自在に枝を広げ、パパイヤやバナナが自生する茂みの中に、際だって背の高いヤシがそこここに見られる。

診療所の近くに来ると、ニンファの気配を察したのか、遊ぼうよ、と仔豚たちがすり寄って来る。

ブタたちを追い散らしながら、ニンファはうっかりすると壊れそうで危なげな板の階段を一気に上って診療所に飛び込んだ。

壁を竹で組まれた診療所はチョコンとブタ小屋の上にのっていた。

クオン、フー、フー、と餌をあさっているらしい豚の鼻息が聞こえて、少しだけ豚小屋のにおいも風が運んでくる。

階段を上りきったところにある、三方が開けっぴろげの診療室には、家の際に植えられたヤシの葉っぱが、遠慮なく入り込んでいる。

お医者さんは、診療所の壁に編まれた、割られた竹みたいに平ったく痩せていて、節くれだった手足をしていた。


「それで、お祖父ちゃんの具合は最近どんなんだい。」

「うん、今朝なんかずっと昔に行ってしまって、ぼうっとしてたの。」

今日は朝からお祖父さんは瞬きもせずにじっと空を見上げていたっけ。以前は笑ったり、叱ったり、とても力強く動いていたおじいさんの瞳は、最近ときどき何の表情も見せなくなってしまっていた。

「困ったもんだねえ。」

お医者さんはそう言うとお薬を調合しはじめた。棚のびんから緑色の粉を、もう一つのびんから黄色い粉をとりだすと、紙の上でかき混ぜる。ときどき小さなスプーンをつかって、チョコッと別のびんから粉薬をすくっては入れている。

「これが効いてくれるといいねえ。海や魚の話をしてごらん、きっと元のおじいさんに戻ってくれるよ。」

おじいさんのお薬をもらったニンファはご機嫌だった。

「そうだ、サリサリに寄り道しようっと。」

そう声に出すと、ニンファは坂道を駆けおりる。

少し行くとお母さんの働く食堂をかねた雑貨店、サリサリに行く近道が現れる。

ニンファは近道が始まる丘の上から、透き通ってまぶしく光る海を眺めるのが大好きだ。背伸びをすれば海辺の店先でバナナを焼くお母さんの姿だって小さく見ることが出来た。

栈橋に連絡船が着いたのだろう、港の広場にはお客さんをみつけてせわしなく走る三輪タクシーの、赤や黄色のだんだら縞模様の日おおいが見渡せる。

老いたサメの最後の挨拶

その夜の事だった。

まんまるなお月さまが昇り、青い光がびょうびょうとあたりを照らす夜だった。浜の砂の一粒ひとつぶが、月の光を溜めているようなしんと静かな夜だった。

ニンファは久ぶりに、潮だまりで眠っている小魚を獲るために、お母さんと浜に出た。

と、風にのって、懐かしい、少しくぐもった声が聞こえてきた。

「おーい、急いできておくれ。大事な話があるんじゃや。」

あれは確かに、いつかのサメの低いコントラバスみたいに深く響く声だ。

「お母さん、サメさんがなにか言ってる、ちょっと行ってみようよ。」

「確かにお母さんにも何か聞こえたよ。風の音でもなかったし。でもどうしてサメがしゃべるんだい。人間の声でもなかったし、なんだか薄気味がわるいよ。」

お母さんは、行くのは止したほうがいいのじゃないか、と思ったけれど、ニンファが強く引っ張るから、手をとられて潮のひいた岩場を急いだ。

岩場の先では、体の苔を青く光らせて、長い頭をもたげたサメが待っていた。

「おお、きたかあ。お前さんに最後の挨拶をしたくってな。」

サメは重々しくそう言った。

「今夜でわしの任務はおしまいじゃや。今日で百五十一歳になったんでなあ。」

「おめでとうございます。」

ニンファはサメを真っすぐ見つめながら、最後の挨拶なんていやだなあ、おしまいにする任務ってなんだろうと考えていた。

「まあ、めでたいような、めでたくないような話なんじゃやが。」

サメはそう言うと、

「人の最期を見届けるのがわしの仕事だったんじゃや。事故で亡くなった人たちの最期などをな。たまには生き返らせることもある。明日からは若いもんがわしに代わって仕事をするはずじゃや。」と言った。

「わしらは生きている間じゅう昼も夜も泳いでいる、眠ることを知らない。だから、事故があれば、すぐ駆け付けるのさ。」

静かに胸ひれで寄せた波が、月の光にきらきらと踊っている。

「ニンファよ、嵐の海難事故にあったお父さんの最期を看取ったのも、実はこのわしなんじゃ、苦しまずに亡くなったよ。」

少しの間、優しく微笑んでいたサメは、

「仕事おさめに、お父さんのやすらかな最期について言っておきたかったのさ、お母さんにもな。お父さんの魂はいつでもそばにいる。わしには見えとるんじゃ。」

と重たそうな瞼の底からお母さんを真っすぐ見てそう言った。

それから背びれを真っすぐに立てて、スーッと潜って消えて行った。

「お母さん、お父さんは苦しまずに亡くなったんだって、そうして魂は、いつも私たちを見守ってくれているんだって。」

「お父さんがいつも守ってくれているのは、感じてはいたけどね。」

お母さんはそう言うと、大きく息を吸い込んでニンファをしっかりと抱きしめた。

「いい子でいてくれてありがとう、ニンファ。しっかり生きていこうね。」

潮の満ちるにおいが磯いっぱいにひろがっていく。

綺麗的遐音

美しい遥かなる音

作者／鈴木怜子
譯者／劉京偉
社長／林宜澐
總編輯／廖志墭
編輯／王威智
版面構成／王威智

出版／蔚藍文化出版股份有限公司
地址：110408臺北市信義區基隆路一段一七六號五樓之一
電話：02-22431897
臉書：https://www.facebook.com/AZUREPUBLISH/
讀者服務信箱：azurebks@gmail.com

總經銷／大和書報圖書股份有限公司
地址：248020新北市新莊區五工五路二號
電話：02-89902588

法律顧問／眾律國際法律事務所　著作權律師／范國華律師
電話：02-27595585
網站：www.zoomlaw.net

印刷／世和印製企業有限公司
定價／新臺幣三〇〇元
初版一刷／二〇二四年六月
ISBN　978-626-7275-37-5（平裝）

國家圖書館出版品預行編目（CIP）資料

綺麗的遐音 / 鈴木怜子著 . -- 初版 . -- 臺北市 : 蔚藍文化出版股份有限公司, 2024.06
　面 ;　公分
中日對照
譯自 : 美しい遥かなる音
ISBN 978-626-7275-37-5(平裝)

861.57　　113008726